BASTEI
LÜBBE

CAPRICE IM
TASCHENBUCH-PROGRAMM:

58 152 Darf man Çowboys küssen?
58 153 Wilde irische Rose
58 154 Macht des Geldes, Macht der Liebe
48 155 Die Lady und der Yankee
58 156 Wenn man von Liebe träumt
58 157 Morgen, Liebling darfst du mich küssen!
58 158 Kein Angst vor Blondinen
58 159 Sag nicht nein – ich liebe dich!
58 160 Zauberbann der Liebe
58 161 Ein ungewöhnlicher Herzensbrecher
58 162 Kein Mann für eine Affäre

NANCY BERLAND

Geliebter Schuft

Roman

Ins Deutsche übertragen
von Katharina Braun

BASTEI
LÜBBE

BASTEI-LÜBBE-TASCHENBUCH
Band 58 163

Erste Auflage: Dezember 1997

Deutsche Lizenzausgabe 1997 by Bastei-Verlag
Gustav H. Lübbe GmbH & Co., Bergisch Gladbach
Originaltitel: Ties That Bind
Lektorat: Katharina Woicke
Titelbild: Transglobe Agency
Umschlaggestaltung: QuadroGrafik, Bensberg
Satz: Fotosatz Steckstor, Rösrath
Druck und Verarbeitung: Clausen & Bosse, Leck
Printed in Germany

ISBN 3-404-58163-6

Der Preis dieses Bandes versteht sich
einschließlich der gesetzlichen Mehrwertsteuer.

Prolog

»Ich glaube, ich träume«, meinte Claire. »Sag das noch einmal!«

»Ich sagte, der Stadtrat hat eine Anleihe zum Bau einer Zwei-Millionen-Dollar-Praxis freigegeben«, wiederholte ihre Tante Lila mit jenem distinguierten, westtexanischen Akzent, der so viele Erinnerungen an daheim heraufbeschwor. »Und sie suchen einen Arzt, um sie zu leiten.«

»Du willst, daß ich es hier bekanntgebe?«

»Claire, Claire, wo ist nur dein Verstand geblieben? *Du* sollst dich bewerben!«

Claire warf ihren zerknitterten Kittel in den Wäschekorb und ließ sich auf die Schlafcouch ihrer möblierten Wohnung fallen. Nachdem sie in der morgendlichen Hitze sechs Blocks weit gelaufen und dann müde die drei Treppen zu ihrem Apartment hinaufgestiegen war, hatte das Telefon geklingelt. Ein Ferngespräch aus Sierra, Texas.

Als Assistenzärztin in einer riesigen Klinik in Philadelphia hatte Claire gerade eine weitere aufreibende Nachtschicht hinter sich und brachte kaum noch die Energie zum Reden auf.

»Tante Lila, du weißt, was ich davon halte, nach Sierra zurückzukehren.«

»Und wenn ich dir nun sagen würde, daß der Posten ein sehr hohes, sehr großzügiges Gehalt beinhaltet?«

»Das genügt mir nicht. Weißt du, ich habe schon ...«

»Und Sierra zahlt auch die Haftpflichtversicherung für ärztliche Kunstfehler.«

»Wow! Das klingt verlockend. Aber trotzdem ...«

»Die Klinik ist komplett eingerichtet– mit Röntgenapparaten, Elektrokardiogrammen und dem hübschesten Teppich, den du je gesehen hast.«

Claire lehnte sich zurück und schloß die Augen. »Das

klingt alles wunderbar, Tante Lila, aber ich bin so müde, daß ich keinen klaren Gedanken fassen kann. Laß mich ein paar Stunden schlafen, dann rufe ich zurück.«

»Wage nicht, jetzt aufzulegen, Claire! Nicht, wenn ich dir die Chance biete, endlich die eigene Praxis zu bekommen, von der du schon geträumt hast, als du noch ein kleines Mädchen warst.«

Claire fühlte, wie ihre Lider schwer wurden, während ihre Tante ihren Vortrag fortsetzte. Aber etwas, was sie sagte, riß Claire wieder aus ihrer Lethargie.

». . . und das Beste ist, daß die Hälfte der Praxis dein Eigentum sein wird, wenn du es fünf Jahre in Sierra aushältst.«

»Die Hälfte? Ist das dein Ernst?«

»Worauf du dich verlassen kannst. Also – was sagst du?«

»Nun . . .«

»Gut. Dann hör mir zu. Hast du einen Stift?«

»Ja – irgendwo. Moment.«

Claire fand einen Bleistiftstummel unter ihrem Kissen und schrieb die Nummer auf, die ihre Tante nannte.

»Das ist Harvey Winthrops Haushaltswarenladen. Schreib eine Bewerbung und faxe sie mir herüber – so schnell du kannst. Ich muß sie am Montag haben. Ich gebe dir Bescheid, sobald ich weiß, wann der Stadtrat mit dir reden will.«

»Wer gehört zum Stadtrat?«

»Ich zum Beispiel.«

»Das ist praktisch.«

»Ja, du kannst von vornherein mit einer Stimme rechnen.«

»Wer sonst noch?«

»Ach, die üblichen – Harvey und Orville Garrison. Du erinnerst dich doch an Orville?«

Allerdings! Der Gedanke an sein dreistes Grinsen brachte Claire müdes Blut zum Kochen, selbst nach all diesen Jahren noch. Orville war der kleinliche Direktor von Sierras einziger Bank. Er allein bestimmte, wessen Träume sich verwirklichten und wessen nicht. »Sonst noch jemand, den ich kenne?«

»Zwei oder drei. Wann könntest du zu einem Vorstellungsgespräch herüberkommen?«

»Meine Assistenzarztzeit läuft in zwei Wochen ab«, erwiderte Claire. »Aber wie ich dir vorhin schon klarzumachen versuchte, habe ich mich bereits anderweitig verpflichtet. Ich werde eine Stellung in einer Gruppenpraxis in Philadelphia annehmen.«

»Zwei Wochen, aber nicht später«, erklärte Lila ungerührt. »Ich schicke dir eine Kopie des Anstellungsvertrags. Ich kann es kaum fassen, daß du endlich nach Sierra heimkehrst, Kind!«

Heimkehren nach Sierra. Der Gedanke traf Claire wie eine Faust in die Magengrube. Sierra war der letzte Ort, an dem sie eine Praxis eröffnen wollte. Es lag östlich des Palo Duro Canyons, und war nie über eine Bevölkerungszahl von sechshundert hinausgekommen. Aber das hatte nichts mit Claires Abneigung zu tun, sich dort niederzulassen – eigentlich zog sie das ruhige Kleinstadtleben sogar der Großstadt vor.

Nein, was ihr an Sierra mißfiel, waren die schmerzlichen Erinnerungen an ihre letzten beiden Jahre dort. Vor allem an jenen Morgen vor zwölf Jahren ... Dugan Nichols hatte sie mit ihrem Koffer in den Bus gesetzt, ohne das geringste Bedauern oder auch nur einen Abschiedskuß für seine junge Frau.

Claire hatte auf dem ganzen Weg nach Philadelphia und zu ihrer Tante Sophie geweint, die dort eine Pension führte. Und als ihre Tränen versiegt waren, hatte sie sich geschworen, nie wieder nach Sierra zurückzukehren, solange Dugan dort lebte.

Aber der Köder, den Lila bot, war zu verlockend, als daß er sich ignorieren ließe. Nur wenige Ärzte erhielten gleich nach ihrer Assistenzarztzeit eine Chance, wie Sierra sie ihr bot. Vielleicht war Dugan ja fortgezogen …

»Ist *er* noch da?« fragte Claire.

»Ich weiß nicht, wen du meinst.«

»Tante Lila, ich bin zu müde für deine Spielchen. Du weißt, von wem ich rede.«

»Dugan? Ja, er hat es vorgezogen hierzubleiben.«

Dugan. Der Name beschwörte quälende Erinnerungen herauf. Wie konnte sie heimkehren, solange *er* da war, eine beständige Erinnerung an mehr Leid, als einer Frau eigentlich zugemutet werden dürfte?

»Wenn er noch da ist, kannst du es vergessen, Tante Lila«, beharrte sie.

»Ich kann nicht glauben, daß du dir von dieser armseligen Entschuldigung für einen Mann – und das ist noch gelinde gesagt – die Chance deines Lebens zerstören lassen willst! Du könntest in fünf Jahren eine reiche Frau sein. Wenn du dir diese Gelegenheit entgehen läßt, Claire Linwood, wirst du es für den Rest deines Lebens bereuen!«

1

Nichts hatte sich geändert.

Der trockene Juniwind peitschte noch immer durch Sierra, trieb Sand durch geschlossene Fenster und Türen und erschwerte Claire das Atmen.

Vor dem einzigen Geldinstitut der Stadt, in einem schmalen Streifen Schatten, saß Ebert Morgan auf einer verwitterten Bank und schnitzte, wie auch vor vielen Jahren schon, kleine Tiere mit seinem Messer mit dem Elfenbeingriff.

Und obwohl Claire versuchte, es zu unterdrücken, schlug ihr Herz noch schneller bei dem Gedanken, daß nur zehn Meilen weiter östlich Dugan Nichols lebte. Stolz würde er auf seinem Appaloosa oder einem altersschwachen Traktor sitzen und bearbeiten, was übriggeblieben war von den Hektar, die sein Urgroßvater einst gerodet hatte.

Fast glaubte sie, den Schweiß auf Dugans braungebrannter Brust zu sehen, die harten Muskeln zu fühlen, und die Kraft seiner Schenkel, wie sie sich an ihre preßten, bevor Angela ihre elende Existenz für ein paar Stunden bereichert hatte.

Angela. Als Claire diesen Namen flüsterte, riß ihn der warme, trockene Wind von ihren Lippen. Mühsam unterdrückte sie die Tränen, die in ihr aufstiegen. Zwei Minuten erst in Sierra, und schon war der Schmerz größer, als sie ertragen konnte.

Als Sie Philadelphia verlassen hatte, hatte sie sich geschworen, sich von den Erinnerungen nicht mehr quälen zu lassen. Sie würde die kühle Sachlichkeit nutzen, die sie sich während des Medizinstudiums erworben hatte, um ihre lang unterdrückten Emotionen in Schach zu halten. Sie war nun eine erwachsene, gesunde Frau. Das zumindest hatte sich geändert, dank der Zeit und Tante Sophie. Und Claire war Ärztin – was sie eigentlich befähigen müßte, die Wunde zu heilen, die noch immer in ihrem Herzen klaffte.

Erinnerungen oder nicht – wenn sie den Stadtrat überzeugen konnte, eine Einheimische den anderen Bewerbern vorzuziehen, würde sie eine Traumpraxis besitzen, wo sie Medizin so praktizieren konnte, wie jeder Arzt sie praktizieren sollte. Individuell, und zum Teufel mit den Diktaten der Gesundheitsbürokraten und den Versicherungen. Nach den Bedingungen des Angebots, das in Claires Aktentasche steckte, durfte der Arzt keinen einheimischen Patienten, der sich keine Behandlung leisten konnte, abweisen.

Sie würde die alten Erinnerungen ... den alten Schmerz ... einfach in eine Schublade ihres Bewußtseins sperren und vergessen müssen.

Braungoldener Staub befleckte ihre gestärkte weiße Bluse, als sie den Kofferraum ihres Wagens öffnete. Soviel zu meiner untadeligen Erscheinung, dachte sie, und griff nach ihrem Koffer und der Arzttasche.

»Großer Gott – ich hatte dich erst morgen erwartet!«

Beim Klang von Lilas Stimme drehte Claire sich um und umarmte die Witwe, die wie eh und je einen Bleistift in ihrem silbergrauen Knoten trug. »Eine Nacht in Amarillo hat mir gereicht. Alle meine alten Freunde sind längst fortgezogen, und ich konnte es kaum erwarten ...«

»Die Praxis zu sehen?«

»Und dich.« Verstohlen schaute Claire zu der Straße hin, die in östlicher Richtung aus der Stadt führte, bevor sie sagte: »Du siehst gut aus, Tante Lila.«

»Gesundes Leben und ein Glas Wein vor dem Zubettgehen«, erwiderte ihre Tante lachend. »Aber komm jetzt aus dem Wind, sonst wirst du dich noch selbst behandeln müssen.«

Claires Tante, die mit zweiundsiebzig noch so kräftig

war wie andere Frauen, die nur halb so alt waren, schob zwei Finger in den Mund und stieß einen schrillen Pfiff aus. Ein Kopf erschien am Fenster von Sierras einzigem Hotel, einem zweistöckigen Gebäude, das aus dem Jahre 1927 stammte, aber renoviert worden war, seit Claire die Stadt verlassen hatte.

»Dieser Fred! Faul wie ein alter Esel«, knurrte Lila und befahl dem langjährigen Hoteldiener, Claires Gepäck zu holen.

»Fred«, murmelte Claire und freute sich auf die stürmische Umarmung, die sie jetzt so dringend brauchte. Sie konnte es kaum erwarten, seine beruhigenden Arme um sich zu spüren.

Doch ein Blick auf sein verwittertes Gesicht und seine gleichgültige Miene, und Claires Lächeln verblaßte wieder. Sie sah, daß er sich an die Krempe seines Strohhuts tippte und stöhnend ihren schweren Koffer aus dem Wagen hob. Dann, ohne ihr auch nur einen einzigen Blick zu gönnen, ließ er sie beim Wagen stehen, allein mit dem Staub, den der Wind aufwirbelte, und der Sehnsucht, die ihr Herz zerriß.

Wo blieb die freudige Begrüßung von dem Mann, den sie wie einen Onkel geliebt hatte? Von dem Mann, der ihr Brautführer gewesen war, nachdem ihre Eltern kurz vor ihrem Highschoolabschluß gestorben waren?

Als Claire vor zwölf Jahren Sierra als Zwanzigjährige verlassen hatte, in schlechter körperlicher Verfassung und mit gebrochenem Herzen, hatte Fred versprochen, immer für sie da zu sein. Und nun schaute er sie an wie eine Fremde – und eine unerwünschte noch dazu.

Die Leute aus Sierra behandelten Fremde eigentlich nicht so, und Einheimische schon gar nicht. Zumindest hatte Claire in ihren Jahren dort noch nie eine so grobe Unhöflichkeit erlebt.

War es möglich, daß Dugan Lügen über sie verbreitet hatte, um zu rechtfertigen, was er ihr angetan hatte? Um ihre Abreise zu erklären, die so überstürzt gewesen war, daß ihre Freunde nicht einmal Zeit gehabt hatten, eine Abschiedsparty für sie zu geben?

Claire schaute sich auf der fast verlassenen Straße um, und trotz der warmen Junisonne kroch ein Frösteln über ihren Rücken. Fast glaubte sie die neugierigen Augen zu spüren, die sie hinter den Ladenfenstern angafften. Würden die anderen auch so feindselig sein wie Fred? Und wenn, wieso? Sie hatte sich doch nichts zuschulden kommen lassen ...

»Ist das alles, *Doc*?« fragte Fred über die Schulter.

»Ja«, antwortete sie, bestürzt über seine abweisende Haltung. »Und nenn mich doch bitte Claire, wie früher.« Sie trat neben ihn, klopfte ihm liebevoll auf den Rücken und drückte seine alte Schulter. »Ich mag heute zwar Ärztin sein, aber ich bin noch immer dieselbe Claire, die du früher Huckepack getragen hast.«

Obwohl sie Fred ihr wärmstes Lächeln schenkte, zog er es vor, sie zu ignorieren. Mit einem ärgerlichen Schnauben schleppte er den Koffer zu den Stufen und in die Eingangshalle des Hotels.

Als Claire ihm folgte, dachte sie an früher, als er sie auf den Schoß genommen und ihr Geschichten aus seiner Jugend erzählt hatte. In jenen Zeiten vor der Depression waren die Stadtväter noch überzeugt gewesen, daß Sierra sich zu einem blühenden Zentrum entwickeln würde, sobald die Eisenbahn kam.

Ein Klumpen bildete sich in ihrer Kehle, und sie verschränkte die Arme. Warum konnte Fred ihr nicht den Trost einer herzlichen Umarmung schenken?

»Wir packen deine Sachen aus, und dann essen wir einen Bissen bei Imogene«, sagte Lila, während sie stirnrunzelnd in Freds Richtung schaute. »Ich muß darauf achten, daß du keine Mahlzeit ausläßt.«

»Das war früher, Tante Lila. Außerdem würde ich lieber zuerst die Praxis sehen.«

»Nach dem Essen, Kind. Bis zu dem Vorstellungsgespräch morgen früh bleibt dir noch genug Zeit, die Praxis anzusehen.«

Jetzt, wo Claire die Ankunft überstanden hatte, wurde ihr klar, wie sehr sie sich die Stellung wünschte. Als ihr eigener Chef konnte sie ihre Politik allein bestimmen. Keine bürokratischen Vorschriften mehr, die ihre Arbeit in der Klinik in Philadelphia so behindert hatten. Kein *Das-geht-nicht* mehr, weil das, was am besten für den Patienten war, der Klinik keinen finanziellen Vorteil brachte.

Ja, ironischerweise konnte sie hier in Sierra ihre Träume verwirklichen – falls es ihr gelang, die Quelle ihrer schlimmsten Alpträume zu ignorieren, zehn Meilen außerhalb der Stadt in Richtung Osten . . .

»Wie schätzt du meine Chancen ein?« fragte Claire ihre Tante. »Glaubst du, sie wollen mich?« Sie gab einem gleichgültigen Fred zwei Dollar Trinkgeld und schloß hinter ihm die Tür. »Wenn er ein Beispiel für den Empfang ist, den ich zu erwarten habe, können wir mit einer herben Enttäuschung rechnen.«

»Unsinn. Sie wollen dich, du wirst schon sehen«, erwiderte Lila, mied aber Claires Blick und begann, die Kleider ihrer Nichte in den Schrank zu hängen.

»So, wie ich es sehe«, sagte Claire, »ist das Angebot der Stadt gut zwei Millionen Dollar wert.«

»Fast drei, wenn du die Haftpflichtversicherung mitrechnest.«

»Wie viele haben sich beworben? Fünfzig? Hundert?«

»Nein. Nur sieben.«

»Nur sieben? Wieso?«

»Du vergißt, daß wir eine Kleinstadt sind. Auf kultureller Ebene ist hier nicht viel los.«

»Trotzdem . . .«

»Seit du fortgegangen bist, hatten wir eine ganze Reihe aufgeblasener Mediziner hier. Sie hatten ein paar Jahre

Praxis hinter sich und führten sich auf, als sei unsere Stadt ein stinkendes Loch, in das jemand sie hineingestoßen hätte. Sie bleiben sechs Monate, ein Jahr vielleicht – um dann zu saftigeren Weiden weiterzuziehen, sozusagen. Der Stadtrat beschloß deshalb, sich in Zukunft an Ärzte zu halten, die das Kleinstadtleben lieben.« Zärtlich kniff sie Claire in die Wange. »Ärzte wie meine hübsche kleine Nichte hier.«

»Das stimmt, ich hätte wirklich lieber eine Kleinstadtpraxis«, gab Claire zu. »Aber etwas begreife ich einfach nicht.«

»So? Was denn?«

»Fred. Er benimmt sich äußerst seltsam.«

»Zerbrich dir nicht den Kopf über diesen alten Narren.«

»Aber wir standen uns so nahe früher!«

»Vor zwölf Jahren. Und so wird es auch bald wieder sein. Gib den Leuten Zeit. Sie werden sich sehr schnell für dich begeistern.«

»Nicht alle, und das weißt du.«

Lila strich Claire eine Strähne ihres goldbraunen Haars aus dem Gesicht. »Wir müssen uns eine neue Frisur für dich ausdenken. Eine Ärztin kann nicht so eine wilde Mähne haben.«

»Tante Lila, du hast noch immer die entnervende Angewohnheit, einfach das Thema zu wechseln, wenn du nicht antworten willst.«

»Na schön – es werden dich also nicht alle mit offenen Armen aufnehmen.«

»Geht es ihm gut?« konnte Claire nicht umhin zu fragen.

»Ich kann es nicht glauben, daß du dich nach diesem Mann erkundigst!«

»Wie geht es ihm?« beharrte Claire.

Ihre Tante zuckte die Schultern. »Bestens, als ich ihn das letzte Mal gesehen habe.«

»Und wann war das?«

»Am Samstag morgen. Er brachte Salat zum Markt.«

»Hat er wieder geheiratet?«

»Natürlich nicht. Keine will ihn haben.«

»Dann ist er ...?«

»Verlobt? Nein. Er geht vielleicht einmal im Monat aus. Mit irgendeiner naiven Rothaarigen aus Amarillo. Du liebe Güte, Claire – sag nicht, du hast noch Gefühle für den Kerl, nach allem, was er dir angetan hat!«

»Ich habe nicht die Absicht, ihn je wiederzusehen, falls du das meinst.«

»Als einziger Arzt der Stadt wird das nicht zu verhindern sein, falls er krank wird.«

»Natürlich würde ich ihn dann behandeln, wie jeden anderen auch. Was ich meinte, ist, daß ich Dugan Nichols nie wieder Gelegenheit geben werde, sich in mein Herz zu schleichen.«

»Und die Schweine fliegen«, knurrte Lila. »Vielleicht war es doch keine so gute Idee, dich herzuholen.«

Claire ging zum Fenster und schaute auf die Stadt hinaus, in der sie als sorglose Tochter von Ben und Alice Linwood aufgewachsen war, die beide an der Schule unterrichtet hatten.

Einige Gäste verließen gerade Imogene Parkers *Good Eatin' Café*. Claire erkannte Orville Garrison an seinem leicht schwankenden Gang und seiner schimmernden Halbglatze. Die Jahre hatten die wenigen Haare des Bankiers noch einige Töne grauer gefärbt und ihm einen umfangreichen Bauch beschert.

Und da war Moses Keller, der Besitzer von Sierras Autowerkstatt, Tankstelle und Buchgeschäft. Claire fragte sich, ob Moses inzwischen eine eigene Meinung entwickelt haben mochte oder noch immer um Orville herumschwänzelte wie ein gehorsamer Hundewelpe.

Die Moskitogittertür zum Restaurant schwang auf, ein großer, schlanker Cowboy in abgewetzten Jeans trat in die heiße Texassonne hinaus. Er nahm seinen Strohhut ab und wischte sich mit dem Ärmel seines blauen Hemds den Schweiß von Stirn und Augenbrauen. Die Sonne ließ sein tiefschwarzes Haar aufleuchten, das sich über dem Hemdkragen wellte und dringend einen Schnitt benötigt hätte.

Dugan. Claire preßte die Hände auf die Lippen. Sie glaubte noch immer sein dichtes, glänzendes Haar zwischen den Fingern zu spüren.

Um Geld zu sparen, hatte sie ihm früher ein altes Tischtuch umgebunden und sein widerspenstiges Haar zurechtgestutzt.

Einmal, um ihn dazu zu bringen, daß er sich die Zeit nahm für die Aufgabe, hatte sie die Beine um seine Taille geschlungen und geschnipselt, während sie ihre nackten Brüste an seinem Rücken rieb. Bevor sie ihr Werk beenden konnte, hatte er ihr die Schere abgenommen, und dann hatten sie sich geliebt, auf dem Boden neben der großen alten Wanne mit den Klauenfüßen. Später hatten sie darin gebadet und sich gegenseitig eingeseift. Dugans Freunde hatten ihn mit seinem schiefen Haarschnitt aufgezogen ...

Claire wußte, es wäre besser, wenn sie jetzt zurückträte und diese selbstzerstörerischen Erinnerungen aus ihrem Kopf verbannte. Aber sie konnte den Blick nicht von dem Mann abwenden, der gesagt hatte, er liebe sie nicht mehr. Von dem Mann, der ihr Herz in Stücke gerissen hatte, als er sie fortschickte nach Philadelphia.

Er hob einen Fuß und kratzte etwas, was wie rosa Kaugummi aussah, von der Sohle seines Cowboystiefels ab. Obwohl die schwarzen Stiefel staubbedeckt waren, erkannte Claire sie auf den ersten Blick. Es waren dieselben, die er an ihrem Hochzeitstag getragen hatte.

Er schaute über die Straße, und sein Blick blieb auf dem Wagen ruhen, den Claire in Amarillo gemietet hatte. Stirnrunzelnd betrachtete er das weiße Auto, das als einziges auf der Straße mit einem fremden Kennzeichen versehen war.

Langsam ging er die Stufen zum Bürgersteig hinunter. Der Bankdirektor sagte etwas zu ihm, und Dugan hielt abrupt in der Bewegung inne. Sein Blick glitt zum Hotel und traf auf Claires. Der Schlag hätte nicht stärker sein können, wenn er ihr einen Fußball ins Gesicht geschossen hätte. Der Schmerz war so überwältigend, daß sie schwankte. Ein leises Wimmern kam von ihren Lippen.

Warum konnte sie nicht die Hand von der Gardine lösen und das aufgeregte Pochen ihres Herzens ignorieren? *Weil du dich so viele Jahre gefragt hast, was du empfinden würdest, wenn du Dugan wiedersiehst. Jetzt weißt du es, du Närrin.*

Er tippte grüßend an den Hut. Das träge, charmante Lächeln, das ihr Innerstes früher in Gelee verwandelt hatte, betonte die Grübchen an seinen Mundwinkeln. An einem kalten Dezembertag, nach dem Mittagessen, hatte er sie mit diesem verführerischen Lächeln aus der Küche ins Schlafzimmer gelockt. Ihr Eintopf auf dem Herd war so stark angebrannt, daß selbst Lazy Boy, ihr Hund, sich nach kurzem Schnuppern angewidert von der Schüssel abgewandt hatte.

An drei Abenden nacheinander hatten Dugan und sie dann Bohnen aus der Dose gegessen, aber nicht einmal hatte er sich beklagt, hatte ihr nur zugezwinkert und ein Stück Maisbrot so in den Mund geschoben, daß sie alles getan hätte für eine Gelegenheit, noch einmal mit ihm ins Bett zu gehen.

Warum grinste er jetzt? Dachte sie mit jähem Groll. Warum nicht vor zwölf Jahren, als sie ihre Seele dahingegeben hätte für ein Lächeln, eine letzte zärtliche Berührung ihres Ehemannes?

Abrupt wandte sie sich vom Fenster ab und sah, daß ihre Tante sie mißbilligend betrachtete.

»Laß das, Tante Lila.«

»Was?«

»Mich anzusehen, als ob ich nicht eine Unze Verstand besäße.«

»Meine Liebe, wer sich den Schuh anzieht . . .«

»Auf eins kannst du dich verlassen«, fiel Claire ihr grob ins Wort. »Die Hölle müßte schon zufrieren, bevor ich Dugan noch einmal an mich heranlasse, damit er mich verletzen kann!«

Claire sah noch verlockender aus als Imogene Parkers Zitronenbaisertorte. Und falls Dugans Gedächtnis ihn nicht trog, schmeckte sie auch erheblich besser.

Wie ihre Haut geduftet, wie sie sich angefühlt hatte, wenn sie frisch gebadet war . . . Jasmin, Satin und Rosa –, das waren seine Erinnerungen an Claire.

Er erinnerte sich an das erste Mal, als er sie im Badezimmer überrascht hatte. Sie war so scheu gewesen, daß sie sich unter dem Seifenschaum verborgen hatte. Aber er hatte sie so lange geduldig liebkost und geküßt, bis sie langsam aus dem Wasser auftauchte, und während sie mit verhangenen Blicken zusah, hatte er rasch seine Kleider abgelegt und war zu ihr in die Wanne gestiegen.

Später hatten sie gelacht über die acht Handtücher, die sie brauchten, um all das Seifenwasser aufzuwischen, das über den Wannenrand gespritzt war.

Eine weitere Vision verdrängte die erste: Der leere, verständnislose Blick in Claires Augen, als er sie in den Bus nach Philadelphia gesetzt hatte, ohne ihr auch nur einen Abschiedskuß zu geben. Sie fortzuschicken war das Schwerste gewesen, was er je in seinem Leben getan hatte.

Er sah, wie sie die Gardine losließ, als hätte sie sich daran verbrannt, und ein harter Knoten bildete sich in seinem Magen.

Was hast du denn erwartet nach allem, was du ihr angetan

hast, alter Junge? Daß sie dich mit ausgebreiteten Armen willkommen heißen würde?

Nachdem er sich von Orville und Moses verabschiedet hatte, überquerte er die Straße, um seinen neuen Pickup aus der Werkstatt zu holen. Dabei dachte er an Ruby, den uralten Lastwagen, der noch immer hinter seinem neuerbauten Wohnhaus stand. Das alte Mädchen verrostete in dem Unkraut, das es allmählich überwucherte.

Dugan hatte es nicht übers Herz gebracht, sich von Ruby zu trennen. Selbst heute noch, zwölf Jahre später, setzte er sich manchmal hinein, schloß die Augen und dachte an die schönen Zeiten mit Claire zurück. An ihre erste Verabredung. An das erste Mal, als sie sich geliebt hatten, zwei Jahre später, auf einer Decke neben Ruby auf Joseph Witcombs Feld.

Manchmal, wenn kein Wind wehte, glaubte Dugan, in dem alten Wagen noch den blumigen Duft zu spüren, der so charakteristisch für Claire gewesen war. Dann strich er mit der Hand über die abgenutzten Polster und dachte daran, wie seidenweich sich ihre braungebrannten Schenkel unter seinen Händen angefühlt hatten, wenn sie in die Stadt gefahren waren, um einzukaufen. Viel hatten sie sich nicht leisten können.

Wenn er Claire dazu bewegen konnte, ihn wiederzusehen – ihn *anzuhören* – konnte er ihr vielleicht begreiflich machen, was ihn damals dazu bewogen hatte, sie fortzuschicken. Aber bis der Stadtrat einen neuen Arzt ernannte, wagte er nicht, sich auch nur zu einer Tasse Kaffee zu ihr zu setzen.

Fluchend bezahlte er Moses' Mechaniker den Ölwechsel und ließ den Motor des Pickup aufheulen. Im Rückspiegel sah er Claire und ihre Tante über die Straße zu Imogenes Café hinübergehen.

Claires mintgrüner Rock schmiegte sich um Hüften, die er einst in seinen eifrigen Händen gehalten hatte. Ein außerordentlicher Drang, Claire wieder zu berühren, erfaßte ihn. Wenn er sich beim Lunch nicht so beeilt hätte, säße er jetzt noch in der Ecknische, während sie das Lokal betrat.

Sein erster Impuls war, den Rückwärtsgang einzulegen, sich Claire zu schnappen und sie im Wagen einzuschließen, bis sie sich angehört hatte, aus welchem Grund er sie damals so verletzt hatte.

Anhören? Claire? Keine Chance! Sie würde ihm eher ins Gesicht spucken, als ihm Gelegenheit zu geben, ihr die Entscheidung eines verzweifelten Mannes zu erklären.

Narr, was geschehen war, war geschehen.

Er konnte die Vergangenheit nicht ändern, sondern nur das tun, was er in den vergangenen zwölf Jahren schon getan hatte – Geduld üben. Wenn Claire es für richtig hielt, ihn anzuhören, fein. Wenn nicht, sollte es eben nicht so sein.

2

»Also, wenn das nicht Claire Linwood ist! Lange nicht gesehen, was?«

Als sie sich in eine Nische setzte, blieb ihr Rock an einem Riß des verschlissenen Vinylbezugs hängen. »Gunther Boone. Schön, dich zu sehen. Was macht die Fallenstellerei?«

Seine umfangreiche Kehrseite an den runden Barhocker gestützt, strich Gunther sich mit einer fleischigen Hand über den dichten schwarzen Bart. »Du mußt es wohl vergessen haben, in der Stadt und so. Die Trappersaison ist längst vorbei.«

»Ach ja, natürlich«, erwiderte Claire mit einem erzwungenen Lächeln.

Lila legte eine Speisekarte auf den Tisch. »Bestell lieber, bevor Imogene die Steaks ausgehen.«

Aber Gunther war wie eine Schildkröte, die, wenn sie einmal zugebissen hat, ihr Opfer nicht mehr losläßt. »Die feinen Leute da oben in Philadelphia fangen wohl keine Tiere, was?« Bevor Claire etwas erwidern konnte, knallte Opal Sinclair einen Porzellanbecher vor Gunther auf die Theke. Der heiße Kaffee schwappte über und verbrühte die Hand des alten Trappers.

»Au, verdammt! Du hast mir die Hand verbrüht!«

»Schade, daß es nicht dein Mund war«, knurrte Opal und bedachte Claire mit einem warmen Lächeln. »Schön, daß du wieder da bist, Claire. Wir haben dein hübsches Gesicht vermißt. Was möchtest du?«

»Zwei Steaks mit Sauce und Pommes frites«, warf Lila ein.

»Eins«, berichtigte Claire ihre Tante. »Ich nehme einen Salat und Kräutertee.«

»Kräutertee«, äffte Gunther sie nach und warf Claire in dem Spiegel hinter der Bar einen aufgebrachten Blick zu. »Wir haben hier keinen Kräutertee. Wenn du natürlich nach Philadelphia zurückgehen würdest . . .«

Opal hob ihre Kanne, und ein weiterer Schwall heißen Kaffees ergoß sich auf Gunthers Hand. »Laß das Mädchen in Ruhe. Wenn nicht, verbrühe ich dich bis auf deine stinkenden Zehen.« Über die Schulter rief sie dem Koch die Bestellung zu. Ihre bildhafte Ausdrucksweise versetzte Claire in die Zeit zurück, als sie und Dugan einmal im Monat hier gegessen hatten – das einzige Vergnügen, das ihre begrenzten finanziellen Möglichkeiten ihnen erlaubt hatten.

Gunther, der seine Hand umklammerte, fluchte leise. Nach einem Blick auf die stark gerötete Haut sprang Claire auf und verließ den Tisch. »Laß mich sehen, Gunther.«

Er wich vor ihr zurück, und ein trockener Husten

erschütterte seinen Körper. »Ich ... brauche ... keine ... Hilfe ... von jemandem ... wie dir«, stieß er hervor.

»Opal, bring Gunther eine Schüssel Eiswasser. Sorg dafür, daß er die Hand mindestens eine halbe Stunde darin badet.«

»Es wäre besser für das Stinktier, seinen Kopf darin zu baden«, versetzte die Kellnerin, ging aber, um das Wasser zu holen.

»Wie lange hast du diesen Husten schon, Gunther?« fragte Claire den alten Mann besorgt.

»Solange ich mich erinnern kann«, warf Lila ein. »Er ist bloß zu geizig, um zum Arzt zu gehen.«

»Wenn du heute nachmittag im Hotel vorbeikommst, untersuche ich dich«, bot Claire an.

»Kommt nicht ...«

»Umsonst.«

Gunther sagte nichts, stand nur auf und strebte mit feuerroten Wangen auf den Ausgang zu. Ob er vor Scham errötete oder von dem Husten, hätte Claire nicht sagen können. Kopfschüttelnd wandte sie sich Lila zu. »Allmählich frage ich mich, ob es nicht ein kolossaler Irrtum war, zurückzukommen.«

Etwas in ihrem Gesichtskreis erregte ihre Aufmerksamkeit, und als sie sich umdrehte, sah sie Dugan, der sie vom Bürgersteig vor dem Café beobachtete. Einer seiner Mundwinkel verzog sich zu einem Lächeln, und das Grübchen an seiner rechten Wange war zu sehen. Claires Herz sank bis in die Zehenspitzen. Sie blinzelte, und da war er schon verschwunden.

»Zu schade, daß du abgehauen bist, bevor die Zeiten besser wurden«, murmelte Opal. »Dieser Mann hat es weit gebracht in den letzten Jahren!«

Ärgerlich wirbelte Claire herum. Es wurde Zeit, Opal – und jeden anderen in Sierra, was das betraf – ein für allemal klarzumachen, warum sie vor zwölf Jahren die Stadt verlassen hatte. »Damit du es weißt, ich bin nicht ...«

»Er hat sogar ein eigenes Flugzeug«, fuhr Opal fort. »Praktisch für nichts fliegt er damit Kranke nach Amarillo und nach Lubbock in die Klinik. Was sagst du dazu?«

»Bewundernswert«, antwortete Claire und dachte, daß Dugan in der Tat sehr viel erreicht zu haben schien, nachdem er sich von seiner Frau befreit hatte.

»Iß jetzt lieber, wenn du später noch die Praxis sehen willst«, sagte Lila und berührte ihre Nichte nicht allzu sanft am Arm.

Aber Claire stocherte nur in dem Salat auf ihrem Teller, als sie sich – Wort für Wort, Blick für Blick – die Ereignisse im Imogene Parkers Restaurant noch einmal ins Gedächtnis rief.

Deshalb also hatten Fred und Gunther sie wie eine Aussätzige behandelt! Weil sie glaubten, *sie* hätte Dugan im Stich gelassen.

Und jetzt, wie sie eine Rückkehr in Betracht zog, wollten sie ihr deutlich machen, daß niemand sie mit offenen Armen empfangen würde.

Großartig, dachte sie am nächsten Morgen bitter, als sie ihre weiße Bluse zuknöpfte und in das blaue Kostüm schlüpfte, das sie für ihr Vorstellungsgespräch beim Stadtrat ausgesucht hatte. Wahrscheinlich hatte sie nicht mehr Chancen, die Praxis zu übernehmen, als der betrunkene Vagabund, der in der vergangenen Nacht in der Ausnüchterungszelle des Gefängnisses gelandet war.

Dugan hin oder her – sie wollte diesen Posten und würde nicht zulassen, daß das, was zwischen ihnen vorgefallen war, ihre Chancen beeinträchtigte. Sie mußte den Stadtrat eben von ihren Fähigkeiten und ihrem Wunsch, in ihre Heimatstadt zurückzukehren, überzeugen. Und wenn das Schicksal es so wollte, würde sie mit Freuden ihr ganzes Leben hier verbringen.

»Mein ganzes Leben«, murmelte sie, als sie ins Foyer ging, um dort abzuwarten, bis sie an der Reihe war. Sie und Dugan hatten früher ein Spiel gespielt, das darin bestand, sie hochzuheben, herumzuwirbeln und zu fragen, wie lange sie ihn lieben würde. Bevor er sie wieder herunterließ, gab sie niemals Antwort, doch dann kitzelte er sie, bis sie schließlich lachend rief: »Mein ganzes Leben! Mein ganzes Leben werde ich dich lieben, Dugan!«

Zu schade, daß das Gefühl nicht gegenseitig war.

Bei einer Tasse Tee machte Claire sich mit zwei der anderen sechs Bewerber bekannt. Doc Hardesty, ein Kinderarzt aus Amarillo, der Ende fünfzig war und eine weniger anstrengende Arbeit suchte, war ihr gleich sympathisch. Sein Alter jedoch sprach vermutlich gegen ihn. Der frischgeschiedene Spezialist für Viruskrankheiten aus Chicago hingegen konnte eine ernstzunehmende Konkurrenz für Claire darstellen. Er verfügte nicht nur über imponierende Referenzen, sondern sein Alter – Mitte Dreißig – machte ihn zu einem idealen Kandidaten. Er war ein gutaussehender Mann mit dunklem Haar und sanfter Stimme. Sierras Damen würden sich in ihn verlieben. Lila steckte den Kopf aus der Tür zum Speisesaal. »Dr. Linwood, der Stadtrat möchte Sie jetzt sehen.«

Claire lächelte und nahm die Mappen mit ihren Bewerbungsunterlagen an sich, die sie vorbereitet hatte. Sie bemühte sich, Zuversicht zu zeigen, die sie überhaupt nicht empfand.

»Viel Glück«, wisperte Lila, bevor sie die Tür weit öffnete. »Und wage ja nicht, mir böse Blicke zuzuwerfen, wenn du eintrittst.«

Erstaunt über diese seltsame Bemerkung, folgte Claire ihrer Tante in den Speisesaal. Sonne strömte durch die weißen Spitzengardinen an den großen Fenstern. An jedem anderen Morgen hätten hier Gäste beim Frühstück gesessen, aber heute war der Saal für die Sitzung reserviert. Die neun Stadtratsmitglieder saßen an einem langen, rechteckigen Tisch und kehrten Claire, die ihnen gegenüber Platz genommen hatte, den Rücken zu. Wie bei einer Inquisition, dachte sie flüchtig. Doch obwohl sie nicht die Gesichter sah, erkannte sie Orville Garrison, den Bankdirektor, an seiner Halbglatze. Außer Lila und Orville formten zwei Frauen und fünf Männer die Kommission, die über ihr Schicksal entscheiden würde. Claire wappnete sich für eine anstrengende Befragung.

Kaum war sie eingetreten, spürte sie, daß etwas nicht in Ordnung war. Die Atmosphäre im Saal prickelte vor Spannung. Claire merkte es an der steifen Haltung der Ratsmitglieder und an der Art, wie sie miteinander tuschelten.

Waren sie, wie Gunther, verärgert über ihre Rückkehr in die Heimatstadt? Oder war es etwas anderes, etwas, was sie noch nicht ...

Nein! Unterbrach sie sich, und die Mappen mit ihren Unterlagen rutschten ihr aus der Hand, aus der plötzlich alle Kraft gewichen war.

Dugan.

Ihr Herz pochte so heftig, daß sie glaubte, man müßte es hören. Ihre Kehle schnürte sich zusammen, ein Klumpen bildete sich darin. Drei Meter hinter dem Tisch, an dessen Mitte Dugan saß, konnte sie die Energie spüren, die er ausstrahlte. Die Energie, die so charakteristisch für ihn war – ob er nun auf einem seiner Appaloosahengste saß, in seinem Pickup oder beim Dinner.

Von ihrem Platz am Ende des Tisches warf Lila ihrer Nichte einen strengen Blick zu, der besagte, Claire solle sich zusammennehmen. Weil sie sonst ihre Chancen, die Praxis zu übernehmen, ein für allemal zunichte machen würde. Mit zitternden Fingern hob Claire ihre Papiere auf und atmete tief durch, bis sie sich beruhigt hatte.

Zum Teufel mit Dugan! Er hatte sie schon einmal aus der Stadt getrieben, aber sie würde nicht zulassen, daß er es ein zweites Mal tat. Sie würde ihn einfach ignorieren und sich die größte Mühe geben, alle anderen zu überzeugen, wie dringend Sierra sie benötigte.

Das ist leichter gesagt als getan, dachte sie mit einem weiteren tiefen Atemzug.

Langsam ging sie am Tisch entlang, reichte jedem der Anwesenden eine Mappe, schüttelte ihm die Hand und lächelte. Als sie Dugan erreichte, befürchtete sie, ihre Knie würden unter ihr nachgeben. Claire hielt den Atem an, als seine Finger ihre streiften, und ihr schwindelte. Sie hoffte, daß er die Bitte in ihren Augen lesen konnte. *Bitte, laß mich in Ruhe. Tu einfach so, als wäre ich eine Fremde.* Aber er schenkte ihr sein charmantestes Lächeln und sagte in jenem heiseren Tonfall, in dem er ihr früher zärtliche Worte ins Ohr geflüstert hatte: »Willkommen zu Hause, Claire.«

»Danke, Dugan«, gelang es ihr zu erwidern. Dann ging sie weiter, um den Tisch herum zu dem einsamen Platz auf der anderen Seite.

Eine kleine Ewigkeit verstrich, in der die Ratsmitglieder sich ihre Mappen ansahen. Claire wußte, daß sie beeindruckt sein würden von der Zeit und Überlegung, die sie der Zusammenstellung dieser Papiere gewidmet hatte.

Aber wenn sie so zuversichtlich war, warum kamen die fünf oder zehn Minuten, die auf ihrer Uhr verstrichen, ihr dann wie Stunden vor? Warum fiel ihr plötzlich ein, daß ihr Rock hinten hinaufgerutscht war und ihre Knie entblößte?

Dugan, Gott sei Dank, konzentrierte sich auf ihre Bewerbungsunterlagen. Doch während seine langen, schlanken Finger über die Seiten glitten, wurden ihre Brüste schwer und heiß und drängten gegen den Stoff ihrer gestärkten Bluse. Ganz gleich, wie sehr sie sich bemühte, die Empfindung zu verdrängen, mußte sie daran denken, wie Dugan sie früher erregt hatte, indem er mit den Fingerspitzen ganz sachte über die Spitzen ihrer Brüste strich, bevor er sie zwischen seine warmen, feuchten Lippen nahm ...

Wie sollte sie das Gespräch bloß überstehen? Alles an ihm, jede seiner Gesten, beschwor sinnliche Erinnerungen in ihr herauf, die es ihr fast unmöglich machten, sich auf irgend etwas anderes zu konzentrieren.

Dugan räusperte sich. »Claire ... Dr. Linwood, das ist eine äußerst beeindruckende Aufstellung.«

»Danke«, erwiderte sie in halbwegs normalem Ton.

»Jeder von uns wird dich jetzt etwas fragen. Und dann, wenn es dir recht ist, kannst du deine eigenen Fragen stellen.«

Claire wollte nichts von Dugan wissen, außer vielleicht, wieso er das Einstellungsgespräch führte. Sie warf ihrer Tante einen vernichtenden Blick zu, aber Lila wandte den Kopf ab. Warum hatte sie Claire nicht gesagt, was sie zu erwarten hatte?

Orville Garrison, Gott sei seiner knauserigen Seele gnädig, war der erste, der ihr Fragen stellte. Ihrem Pessimismus nachgebend, beschloß Claire, daß sie nicht die geringste Chance besaß, die angebotene Stellung zu erhalten. Zum Teufel mit dem Stadtrat, dachte sie, zur Hölle mit Orville und mit Dugan. Sie würde ihnen eine Vorstellung liefern, die sie so schnell nicht mehr vergessen würden.

»Ich wüßte gern ... wir alle wüßten gern ... warum Sie sich beworben haben, Claire?« fragte Orville. »Sie waren nicht mehr hier ... Wie lange? Zehn, elf Jahre?«

»Zwölf«, erwiderte Claire gelassen. »Mein ganzes Leben habe ich davon geträumt, Sierra den Arzt zu geben, den die Stadt schon immer brauchte. In meiner Kindheit und Jugend habe ich gesehen, wie meine Freunde sich Knochen brachen und an hohem Fieber litten. Ihre Mütter mußten sie vierzig Meilen bis zum nächsten Doktor fahren. Sie wissen, wie ich meine Familie verloren habe, meine Mutter durch eine Lungenentzündung und meinen Vater durch Nierenversagen. Vielleicht wären sie auch so an ihren Krankheiten gestorben, aber es hat ihnen sicher nicht geholfen, daß kein Arzt verfügbar war, um eine frühe Diagnose zu erstellen oder dafür zu sorgen, daß sie die beste Behandlung bekamen, die die Medizin zu bieten hat.«

Sie hielt inne und hoffte, daß ihr bei ihrem nächsten drastischen Beispiel nicht die Stimme brach. »Und Sie erinnern sich vielleicht, daß auch ich selbst vor Jahren dringend einen guten Arzt gebraucht hätte.«

»Ah ja«, sagte ein sehr verlegener Orville und nickte. »Das Baby.«

Dugan hob den Kopf, und in seinen Augen flackerte der gleiche Schmerz auf, der Claire innerlich zerriß. Er räusperte sich. »Noch Fragen, Orville?«

»Nur noch eine. Entschuldigen Sie, daß ich schmerzliche Erinnerungen heraufbeschwöre, aber ich muß es wissen. Geht es Ihnen um das Geld? Oder wollen Sie wirklich hier mit uns Kleinstadtleuten leben?«

Claire straffte die Schultern und nahm Zuflucht zu der Objektivität, die sie sich während ihres Studiums angeeignet hatte.

»Wenn Sie sich für mich entscheiden, werde ich nicht von meinem Vertrag zurücktreten. Das verspreche ich. Ich würde sehr gerne hier bleiben ...« Sie hielt inne und sah alle außer Dugan der Reihe nach an. »Für den Rest meines Lebens.«

Dugan schaute sie an, aber Claire weigerte sich, seinen Blick zu erwidern.

Orville schloß seine Mappe. »Das ist alles, was ich wissen wollte.«

»Harvey, Sie sind der nächste«, forderte Dugan den Inhaber des Haushaltswarenladens auf. Der Blick, den Dugan Claire zuwarf, enthielt Respekt, und dafür war sie ihm dankbarer, als er sich vorstellen konnte. Sein Vertrauen gab ihr die Kraft, den Rest der Besprechung etwas entspannter durchzustehen.

Kaum hatte sie die letzte Frage beantwortet, stellte sie eine eigene. »Falls Sie mich für den Posten auswählen – wer wäre dann mein Vorgesetzter?«

Neun Augenpaare, Lilas inbegriffen, richteten abrupt den Blick auf Claire. Dugan räusperte sich von neuem. »Du hättest dich mir gegenüber zu verantworten.«

»Dir?« entfuhr es Claire, und sie bereute augenblicklich, ihre Gefühle mit diesem einen Wort so deutlich zur Schau gestellt zu haben.

»Ja, mir. Da der Arzt sich nicht um finanzielle Angelegenheiten kümmern soll, sondern nur um seine Patienten, wird es meine Aufgabe sein, die Buchhaltung zu führen.«

Claire war fest entschlossen, nicht noch einmal Gefühle aufkommen zu lassen. »Stünde es mir frei, Mitarbeiter einzustellen?« erkundigte sie sich kühl. »Ich bräuchte mindestens eine Krankenschwester und eine Sprechstundenhilfe.«

»Du kannst einstellen, wen du willst.«

»Und die Öffnungszeiten für die Praxis?«

»Liegen ganz in deinem eigenen Ermessen.«

»Hättest du Einwände gegen das freiwillige Projekt für Highschoolschüler, das ich in meiner Bewerbung kurz umrissen habe? Oder die Stipendien, die ich gern für talentierte Schüler aussetzen würde, die Medizin studieren wollen?«

»Beides sind ausgesprochen gute Ideen«, erwiderte er, und Tante Lila nickte zustimmend.

»Wir würden auch eine eigene Apotheke brauchen«, sagte Claire.

»Selbstverständlich. Du gibst mir eine Liste, und ich erledige die Bestellungen. Wir wollen doch nicht, daß unsere ... unser neuer Arzt seine kostbare Zeit mit Papierkram vergeudet, nicht?«

»Dann habe ich keine Fragen mehr«, sagte Claire. *Höchstens noch die Frage, warum du mich damals fortgeschickt hast. Warum du aufgehört hast, mich zu lieben. Oder ob ich auch nur die geringste Chance besitze, diese Stellung zu bekommen?*

»Wir geben dir morgen Bescheid«, sagte Dugan. Und alle Stadtratsmitglieder erhoben sich, um ihr die Hand zu schütteln.

Irgendwie schaffte Claire es, Dugans Hand noch einmal zu berühren, bevor sie den Raum verließ. Doch kaum war die Tür hinter ihr ins Schloß gefallen, lehnte sie sich in einem plötzlichen Anfall von Schwäche an die Wand.

Ihr Magen verkrampfte sich, und sie war sicher, daß sie in Ohnmacht fallen würde, wenn sie nicht schnell einen Sessel fand. Da sie die Anzeichen von Streß bei sich erkannte, öffnete sie die Augen und sah Fred, der an der Rezeption lehnte und sie beobachtete.

»Fred, gut, daß du hier bist! Kannst du mir bitte helfen?«

Langsam kam er auf sie zu. »Was ist passiert?« fragte er, während er sie zu einem Sessel am anderen Ende des Foyers führte, wo sie ungestört waren.

»Allerhand. Warum hat mir keiner gesagt, daß Dugan der Vorsitzende des Verwaltungsrates der Klinik ist?«

»Weil du nicht danach gefragt hast, denke ich.«

»Natürlich habe ich gefragt. Aber Tante Lila ist mir ausgewichen.«

»Man sollte nicht meinen, daß es dich aus der Fassung bringt, daß Dugan dort den Vorsitz führt, nachdem du ihn damals so schmählich im Stich gelassen hast.«

Jäher Zorn gab Claire ganz plötzlich neue Kraft. »Ich möchte jetzt endlich einmal etwas klarstellen, Fred«, sagte sie erbost. »Und das ist, daß nicht *ich* es war, die hier jemanden im Stich gelassen hat!«

»Aber Orville sagte doch ...«

»Orville sagt, was ihm gelegen kommt. Er hat es auf mich abgesehen, seit mein Vater seinen Sohn auf der Highschool in Physik durchfallen ließ und John deswegen im letzten Jahr nicht Football spielen konnte. Orville hat damals geschworen, es ihm heimzuzahlen.« Tränen füllten plötzlich ihre Augen. »Daddy starb, bevor Orville sich an ihm rächen konnte, und deshalb ließ er mich dafür büßen. Und wie, Fred! Was hat Dugan erzählt, nachdem ich fort war?«

»Nichts. Die meiste Zeit ist er bloß bedrückt herumgeschlichen. Ich glaube, ich habe ihn ein ganzes Jahr nicht lächeln sehen. Du hast dem Jungen das Herz gebrochen, Claire.«

»Ich soll *ihm* das Herz gebrochen haben?« versetzte sie empört. »Ich hätte nie gedacht, daß du mich so beurteilst, Fred. Ich habe jetzt keine Lust, darüber zu reden, aber eines Tages werde ich dir erzählen, was passiert ist. Aber wenn hier irgend jemandem irgendein Herz gebrochen hat, dann ganz bestimmt nicht *ich*!«

Der alte Mann nahm einen Strohhut ab und kratzte sich am Kopf. »Wenn du dich je bei mir gemeldet hättest oder wenigstens damals über deine Gefühle mit mir gesprochen hättest, könnte ich jetzt vielleicht verstehen, was du mir sagen willst.«

Freds betrübte Miene ging Claire zu Herzen. Warum hatte sie nie an die anderen gedacht, die sie hinter sich zurückgelassen hatte? An die Mißverständnisse, die ihre abrupte Abreise hervorgerufen haben mochte? Warum hatte sie sich nicht gedacht, daß Dugan ihnen nicht die Wahrheit über ihre Trennung sagen würde?

»Es tut mir leid«, sagte sie aufrichtig. »Ich hätte dir schreiben sollen. Aber damals litt ich so sehr, daß ich wahrscheinlich nicht erkannt habe, daß auch du unter der Trennung leiden könntest. Kannst du mir verzeihen, Fred?«

Er zog ein zerknittertes Taschentuch hervor und

putzte sich seine große Nase. »Du warst wie eine Tochter für mich. Ich habe gewartet und gewartet. Jeden Tag dachte ich, du würdest endlich schreiben.« Kopfschüttelnd stopfte er das Tuch in die Hosentasche. »Es muß verdammt wehgetan haben, was dir zugestoßen ist, Claire. Wenn du mir nur etwas gesagt hättest ...«

»Verdammt wehgetan hat es, Fred, das stimmt«, murmelte sie und schlang dem alten Mann die Arme um den Nacken. Zuerst hielt er sich ganz steif in ihren Armen. Dann, langsam, als ob das Eis in seinem Herzen schmelzen würde, zog er Claire an seine Brust. Mit seinen schwieligen Händen klopfte er ihr sanft auf den Rücken, wie er es früher getan hatte, wenn sie als Kind oder Teenager weinend zu ihm gekommen war, weil sie seine tröstliche Umarmung brauchte.

»Wie war's da drinnen?« fragte er leise.

»Hart. Ich habe keine Chance.«

»Ach wo, Claire. Wo ist mein Sonnenschein?« scherzte er, hob ihr Kinn an und lächelte in ihre tränenfeuchten Augen.

»Sonnenschein. Genau das, was ich brauche. Hast du ein bißchen Zeit? Ich würde jetzt sehr gern ein bißchen herumfahren, aber ich möchte nicht allein sein.«

»Ich glaube, das Hotel kann mich eine Weile entbehren. Laß mich kurz mit Miss Carter sprechen, dann treffen wir uns draußen.«

»Dugan hat viel geschafft«, sagte Claire und stellte einen Fuß auf das solide Tor in den Stacheldrahtzaun, der Dugans ausgedehnten Besitz begrenzte. Sie war verblüfft über die Verwandlung dieses sanft ansteigenden Weidelands.

Die einhundertsechzig Hektar hatten keine Ähnlichkeit mehr mit der schäbigen Weizen- und Baumwollfarm, für deren Erhalt sie und Dugan so hart gekämpft hatten. Ein neues Haus im Ranchstil erstreckte sich einige hundert Meter von der Straße entfernt inmitten einer grünen Rasenfläche. Der rote Ziegelbau verdeckte fast das kleine Farmhaus, das sie und Dugan einst bewohnt hatten.

Im Westen grasten etwa achtzig kräftige Aberdeen Angus, im Süden wiegte sich goldener Weizen in der leichten Brise, nach Osten hin stand in makellosen Reihen Baumwolle. In der Ferne sah Claire ein Gebäude, das sie für einen Flugzeughangar hielt. Sand säumte den Rand eines langen Asphaltstreifens – das mußte die Landepiste sein.

Wie konnte ein einziger Mann in einem Dutzend Jahren ganz allein soviel erreichen?

»Gefällt es dir in Philadelphia?« fragte Fred und zupfte einen Grashalm aus, um ihn zwischen die Zähne zu stecken.

»Es ist nicht schlecht. Aber mir fehlte ... das hier. Ich habe meine Heimatstadt vermißt«, erzählte sie.

»Weißt du, daß die Leute Wetten abschließen, wann ihr beide wieder zusammenkommt?«

»Verschwende nicht dein Geld, Fred. Dugan wollte mich früher nicht und will mich jetzt nicht. Außerdem«, fügte Claire hinzu und schluckte ihre Verbitterung, »könnte ich mir gar nicht vorstellen, noch einmal etwas mit ihm anzufangen.«

»Das Kind, das du verloren hast«, sagte Fred. »Die Leute sagen, danach wäre es nie wieder wie früher zwischen euch gewesen.«

Claires Blick glitt zum Familienfriedhof, wo ein kleiner Grabstein Angelas letzte Ruhestätte schmückte. Sie war Angelas Mutter, und doch hatte sie nicht einmal gewußt, daß dieser Stein errichtet worden war. »Die Leute haben keine Ahnung, was geschah, nachdem Dugan und ich ... Angela verloren hatten.« Den bloßen Namen auszusprechen, bereitete ihr unerträgliche Qualen.

Sie ließ ihren Blick zu der Stelle auf den Feldern schweifen, wo sie Angela zur Welt gebracht hatte. Wo die Wehen jäh und schmerzhaft eingesetzt hatten. Da sie kein Telefon gehabt hatten und Ruby wieder einmal nicht funktionierte, war Dugan die ganze Meile zur nächsten Farm gerannt, um Hilfe zu holen. Als er endlich mit Mrs. Flannigan zurückkam, war Angela bereits geboren, und Claire lag blutend und bewußtlos auf dem Feld.

Sie schauderte bei der Erinnerung. Fred legte beruhigend eine Hand auf ihre Schulter. Sie nahm seine Hand und bemühte sich um ein Lächeln. »Niemand soll erleiden müssen, was ich erlitten habe. Und Angela«, wisperte sie. »Das ist einer der Gründe, warum ich zurückgekommen bin.« Ein Motorbrummen in der Ferne veranlaßte Claire, aufzusehen. Tante Lilas 67er Chevy tauchte auf der schmalen, kurvenreichen Straße auf, näherte sich und hielt in einer Staubwolke.

Lila hob abwehrend die Hände, als sie ausstieg, als erwartete sie, daß Claire sie schlagen würde. »Bevor du jetzt zu brüllen anfängst, möchte ich dir erklären ...«

»Warum?« unterbrach Claire ihre Tante. »Warum hast du mir nicht gesagt, daß Dugan den Vorsitz in der Prüfungskommission führt?«

»Dumme Frage. Wenn ich es dir gesagt hätte, wärst du nie hierhergekommen, um dich zu bewerben!«

Claire verschränkte die Arme vor der Brust und seufzte. »Das bin ich aber, und so, wie ich es sehe, kann ich mich gleich wieder in die nächste Maschine nach Philadelphia setzen. Gut, daß ich die neue Stelle in Philadelphia noch nicht abgesagt habe.«

Lila spreizte die Finger und runzelte die Stirn, als sie sah, daß an einem Finger der Nagellack gesplittert war. »Ich würde nichts überstürzen, wenn ich an deiner Stelle wäre.«

»Natürlich nicht. Ich will mir wenigstens ein paar Tage bei euch gönnen. Und um ganz ehrlich zu sein, hatte ich gehofft, dich überreden zu können, daß du mich für ein paar Wochen nach Philadelphia begleitest.«

Lila verdrehte die Augen. »Würdest du mir bitte endlich einmal zuhören? Ich bin nicht den weiten Weg hierhergefahren, um zu plaudern. Ich bin in offiziellem Auftrag hier.«

»Ach?« fragte Claire mißtrauisch, weil sie ein verdächtiges Lächeln um die rotgeschminkten Lippen ihrer Tante spielen sah.

»Dugan bat mich, dir etwas auszurichten. Wenn er gewußt hätte, daß du hier draußen warst, hätte er es dir natürlich auch selber sagen können.«

Claire umklammerte den Arm ihrer Tante. »Was?«

Tante Lila zuckte die Schultern und schien die Spannung sichtlich zu genießen. »Er sagte . . .«

»Ja?«

»Daß ich dir sagen soll . . .«

»Tante Lila!«

»Daß sie die Auswahl der Kandidaten auf zwei begrenzt haben.«

»Und?«

»Daß du dazugehörst!«

Claire packte ihre zierliche Tante um die Taille und hob sie auf. »Na endlich!«

»Laß mich runter!«

»Wer ist der andere Arzt?«

»Dieses gutaussehende Wiesel aus Chicago.« Lila schnaubte. »Der Kerl hat eine Stimme wie Bing Crosby. Trotzdem kann er dir nicht das Wasser reichen. Aber mit seiner seidenweichen Stimme scheint er einige der Ratsmitglieder verhext zu haben.«

»Wann ist Abstimmung?«

»Morgen früh.«

Claire schaute in die Ferne, zur Stadt hinüber und in eine Zukunft, von der sie hoffte, daß es ihre war. »O Tante Lila! Ich kann es kaum erwarten!«

Auf Claires Bitte hin kehrte Fred mit Lila in die Stadt zurück, weil Claire eine Weile allein sein wollte.

Sie wollte sich mit den Erinnerungen auseinandersetzen, die das alte Haus, der Magnolienbaum, den sie an ihrem Hochzeitstag gepflanzt hatten, und das Weizenfeld in ihrem Herz heraufbeschwören. Vertraute Gerüche bestürmten sie von allen Seiten und versetzten sie in eine andere Zeit zurück.

Sie schloß die Augen vor dem Duft des Heus und dachte daran, wie Dugan sie gelehrte hatte, seinen altersschwachen Traktor zu bedienen. Da sie keine Maschine besessen hatten, um das Heu zu Ballen zu verarbeiten, hatten sie es in der Scheune aufgestapelt – ein schneller Blick verriet ihr, daß Dugan das windschiefe Gebäude durch eine moderne Struktur ersetzt hatte – um dann darin herumzutollen wie zwei verspielte Kinder.

In jener Nacht hatte Claire Heu aus ihren Kleidern gezupft, während ihr Körper noch summte von der stürmischen Rauferei, die in einem leidenschaftlichen Liebesspiel geendet hatte.

Ein klägliches Jaulen riß sie aus ihrer Träumerei, sie öffnete die Augen und schaute sich um. Konnte das Lazy Boy sein? Der Hund, den sie und Dugan mit einem gebrochenen Bein am Straßenrand gefunden hatten?

Unwillkürlich stieß sie den Pfiff aus, mit dem sie ihn früher immer herbeigerufen hatte. Wieder hörte sie ein Jaulen, und dann sah sie ihn, im Schatten auf der Veranda vor dem Haus. Claire pfiff noch einmal, diesmal lauter, und Lazy Boy rappelte sie auf und schlenderte auf seinen alten Beinen über den breiten Streifen Gras, wo früher nur Unkraut gewachsen war.

Claire kniete sich vor den Zaun und schob die Hand durch den Stacheldraht, um den Hund zu kraulen. Winselnd bewegte er seinen kurzen Schwanz. Claire näherte ihr Gesicht dem Draht und wurde durch einen feuchten Hundekuß belohnt.

»Du willst mich zurückhaben, nicht wahr, mein alter Junge?« Soweit sie sagen konnte, waren es nun schon vier, die sich über ihre Rückkehr freuten: Tante Lila, Opal, Fred und Lazy Boy – obwohl sie sich bei Opal nicht ganz so sicher war.

Aber im Augenblick zerbrach Claire sich nicht den Kopf über das verdächtige Fehlen eines Empfangskomitees. Viel lieber wollte sie ein paar Blumen pflücken, über das Tor klettern und den Strauß auf Angelas Grab legen.

Doch dann zögerte sie. Es war Dugans Farm. Das Gelände zu betreten, wäre unerlaubtes Eindringen gewesen.

Unerlaubtes Eindringen! Wie hätte jemand einer Mutter verbieten können, das Grab ihrer Tochter zu besuchen? Des einzigen Kindes, das sie je geboren hatte?

Der Strauß, den Claire pflückte, spiegelte das Glück der wenigen Stunden wider, in denen Angela ihr Leben bereichert hatte. Andächtig trug Claire den Strauß aus rosa Nelken, blauen Veilchen und gelben Margeriten zu dem kleinen Grab hinüber.

Das weißgestrichene, schmiedeeiserne Tor zum Familienfriedhof stand offen. Angelas Grabstein verriet die grausame Wirklichkeit ihrer kurzen Existenz – *Geboren und gestorben am 1. Mai 1981.* Ein pummeliger kleiner Engel schmückte den Grabstein aus Granit. Wie ironisch, dachte Claire, wenn man bedenkt, wie dünn die kleine Angela gewesen war.

Traurig beugte sie sich vor und berührte das saftige grüne Gras. Es war weich wie Samt. Claire schloß die Augen und dachte an Angelas zarte Haut, an ihre winzigen Fingerchen, die sich zu Fäusten geballt hatten, als sie geschrien und ihre knochigen Knie an die schwache Brust gezogen hatte.

Claire ließ den Kopf zurückfallen. Die Tränen, die sich zwölf Jahre in ihr aufgestaut hatten, brachen sich nun endlich Bahn. »O Angela, du fehlst mir so«, flüsterte sie in den Wind. Neben ihr winselte Lazy Boy, als litte er auch noch immer unter diesem schrecklichen Verlust.

Wie lange Claire so dasaß, hätte sie später nicht sagen können. Sie erwachte erst aus ihrer Versunkenheit, als sie das Ächzen des Tores hörte, Lazy Boys Schwanz an ihren Rippen spürte und ein Schatten über ihr Gesicht fiel.

Erschrocken wandte sie sich um. »Dugan . . .! Ich habe deinen Wagen nicht gehört.«

Dugan, der noch immer seinen Anzug trug, hockte sich neben sie ins Gras. »Sie sagten, daß ich dich hier finden würde.«

Sie hatte geglaubt, sie würde zornig werden, wenn sie mit Dugan sprach, doch dieser Zorn blieb aus. »Danke, daß du dich um Angelas Grab gekümmert hast«, sagte sie traurig. »Der Grabstein . . . der Rasen . . . es ist sehr hübsch.«

»Ich habe mich bemüht, alles so zu richten, wie du es dir gewünscht hättest.«

Nun erwachte ihr Ärger doch noch, denn wenn Dugan sie nicht gezwungen hätte fortzugehen, hätte er nicht zu erraten brauchen, was sie sich gewünscht hätte zum Gedenken an Angelas kurzes Leben. Sie hätte ihm helfen können, den Grabstein auszusuchen. Sie wären sich gegenseitig eine Stütze gewesen, wie ganz normale Eltern, die um ein Kind trauern. Sie hätte Blumen um das Grab gepflanzt. Doch Dugan hatte ihr alles verweigert, was ihr geholfen hätte, mit der Last ihrer Trauer fertigzuwerden.

Ihre Hände, die bisher locker im Schoß gelegen hatten, ballten sich zu Fäusten. »Wenn du mich nicht fortgeschickt hättest, hättest du gewußt, was ich mir wünschte.«

»Claire, bitte. Nicht jetzt. Nicht hier.« Er drückte ihren Arm in einer tröstlich gemeinten Geste, aber es war mehr, als sie ertragen konnte. Dugans Berührung löste eine Flut von Emotionen in ihr aus, vor der sie sich seit ihrer Rückkehr nach Sierra schon die ganze Zeit gefürchtet hatte.

»I-ich wäre dir dankbar, w-wenn du mich nicht berühren würdest«, bat sie ihn mit zitternder Stimme.

»Ich habe damit nichts beabsichtigt. Ich ... Du sahst so unglücklich aus, und da dachte ich, du könntest einen Freund gebrauchen.«

»Einen *Freund*.« Verächtlich verzog sie ihre Mundwinkel. »Soll das ein Scherz sein?«

»Nein. Ich wäre sehr gern dein Freund, Claire.«

»Ich weiß nicht, ob das möglich ist.«

»Mit der Zeit vielleicht«, räumte er ein, um dann steif hinzuzufügen: »Ich lasse dich jetzt allein. Aber es steht dir frei, hierherzukommen, wann immer du den Wunsch verspürst.«

»Das werde ich tun. Danke.«

Claire strich ein letztes Mal über den Rasen auf Angelas Grab und stand dann auf, um zu ihrem Wagen zurückzugehen. »Du hast viel erreicht in diesen Jahren, Dugan.«

»Du auch, Claire.«

»Wie hast du es geschafft? Wie ist es dir gelungen, die schäbige kleine Farm, die zu retten wir damals so hart geschuftet haben, in all *das hier* zu verwandeln?« fragte sie mit einer weit ausholenden Handbewegung.

»Mit harter Arbeit ... und ein bißchen Glück.«

»Wieso?«

»Sechs Monate, nachdem du fort warst, rief Orville eines Abends an.«

»*Orville*?«

»Sein Sohn – du erinnerst dich doch an John?«

»Das kann man wohl sagen.«

»Er hatte gerade eine Entziehungskur beendet.«

»Entziehungskur? John? Er ist der letzte, von dem ich angenommen hätte, daß er das Trinken aufgeben will.«

»Er hatte keine andere Wahl. Eine Zeitlang gelang es

Orville, die Dinge auszubügeln, wenn John wieder mal zu tief ins Glas geschaut und einen Unfall gebaut hatte. Aber eines Morgens brach John sturzbetrunken in Marybell's Friseursalon ein und richtete dort ein Chaos an, bevor er bewußtlos über dem Waschbecken zusammenbrach. Marybell erstattete Anzeige, und John blieben nur zwei Möglichkeiten – eine Entziehungskur oder das Gefängnis.«

»Das muß für Orville hart zu schlucken gewesen sein.«

»Das nehme ich an. Auf jeden Fall brauchte John einen Ort, wo er eine Weile bleiben konnte und nicht mit diesem Pöbel zusammentraf, mit dem er sich in der Stadt herumgetrieben hatte«, fuhr Dugan fort. »Orville bat mich also, John gegen Unterkunft und Essen bei mir arbeiten zu lassen.«

Claire schüttelte den Kopf. »Und was hat Orville im Ausgleich dazu für *dich* getan?«

»Eine Zeitlang gar nichts.«

»Und dann?«

»John muß ihm von den traurigen Zuständen auf der Farm erzählt haben. Eines Tages bot Joseph Witcomb mir seinen besten Black Angus als Zuchtstier an, damit ich meine Herde vergrößern konnte – ohne Deckgebühren.«

»Und?«

»Orville half auf andere Weise.«

»Wie?« fragte sie mißtrauisch.

Dugan zögerte einen Moment. »Er lieh mir Geld.«

»Du meinst, nachdem *ich* fort war, lieh er *dir* das Geld, um das wir ihn so dringend gebeten hatten? Das Geld, das er uns nicht leihen wollte?«

Dugan starrte auf seine Stiefelspitzen, bevor er beschämt den Blick zu Claire erhob. »Ja. Ich habe es ihm innerhalb eines Jahres zurückgezahlt.«

Sie schüttelte den Kopf und verfluchte im stillen die Ungerechtigkeit all dessen. »Versteh mich bitte nicht falsch, Dugan. Ich neide dir deinen Erfolg nicht. Aber ist dir je der Gedanke gekommen, daß Orvilles Hilfe zu einem sehr interessanten Zeitpunkt kam? Ist dir nie der Verdacht gekommen, daß er nach all den Drohungen gegen meinen Vater nun endlich bekommen hatte, was er wollte – indem er sich an *mir* gerächt hatte?«

»Orville war kein Heiliger, das gestehe ich dir zu. Aber er hat sich geändert. Und John hat mir bei der Arbeit auf der Farm geholfen . . .«

»Wie ich es nie gekonnt hätte.«

»Claire, bitte. Können wir das nicht vergessen?«

»Nein, das kann ich nicht, Dugan. Ich kann nicht vergessen, daß ich mich wochenlang in Tante Sophies Pension in den Schlaf geweint habe. Ich kann nicht vergessen, daß der Mann, den ich liebte, mich im Stich ließ, als ich ihn am meisten brauchte.«

Ihr Blick glitt wieder zu Angelas Grab, und ihr war, als müsse ihr Herz in tausend Stücke brechen. »Ich kann immer noch nicht fassen, daß du mich von meinem kleinen Mädchen ferngehalten hast.«

»Ich habe dich fortgeschickt, aber dir nicht verboten, heimzukehren.«

»Ach nein?« Sie schluckte die Antwort, die er darauf verdient hätte.

»Claire«, sagte er, »Angela ist tot. Was von ihr geblieben ist, ist hier.« Ernst legte er eine Hand auf sein Herz und berührte mit dem Zeigefinger die gleiche Stelle an Claires Brust. »Und hier.«

Seine Berührung löste ein verwirrendes und vollkommen unerwünschtes Prickeln in ihr aus.

»Faß mich nicht an, Dugan. Du hast kein Recht dazu. Nicht mehr.«

»Es war nicht so gemeint, wie es ausgesehen haben mag.«

Nervös strich sie über ihren Rock und suchte nach einem Vorwand, um zu gehen. »Ich muß jetzt in die Stadt zurück. Ich habe einige Anrufe zu erledigen.«

»Hat Lila dir gesagt, daß der Stadtrat dich und den Arzt aus Chicago in die engere Wahl gezogen hat?«

Ah, endlich ein Thema, das sie besprechen konnte, ohne daß ihre Stimme dabei zitterte. »Ja, aber nachdem sie mich so in die Mangel genommen hatten, war ich ziemlich sicher, nicht die geringste Chance zu haben.«

»Und warum, glaubst du, haben sie dann dir den Vorrang vor den anderen fünf Kandidaten gegeben?«

»Keine Ahnung. Sag mir nur eins – für wen hat Orville gestimmt?«

»Ich darf es dir nicht sagen.«

»Das brauchst du auch nicht.« Claire lächelte wehmütig. »Es ist offensichtlich, daß er nie überwinden wird, was mein Vater seinem Sohn antat. Aber ich bereue es nicht, mich beworben zu haben. Denn wenn ich es nicht getan hätte –« sie schaute zum Grab zurück und biß sich auf die Lippen – »wer weiß, wann ich dann Angelas Grab gesehen hätte.« Und dich, fügte sie im stillen hinzu. Aber das würde Dugan nie erfahren. Obwohl es abscheulich gewesen war, was er ihr angetan hatte, konnte sie genausowenig aufhören, ihn zu lieben, wie sie aufhören konnte zu atmen.

Dugan stand auf dem Rasen vor dem Haus und beobachtete, wie Claire zu ihrem Wagen ging. Wie gerne hätte er ihr klargemacht, daß sie fortzuschicken das Schwerste war, was er je in seinem Leben hatte tun müssen.

Als sie jenen Bus bestiegen hatte, waren ihre Augen grau und ausdruckslos gewesen, als hätte sie das Vertrauen in die Welt und in sich selbst verloren. Jetzt waren sie wieder klar und blau, und heute abend hatten sie sogar vor Zorn und Groll gefunkelt. Fern von ihm und der aufreibenden körperlichen Arbeit auf der Farm schien Claire sich von ihren kontinuierlichen Beschwerden erholt zu haben.

Ihre früher so knochige Gestalt war voller, weicher und kurviger geworden. Selbst ihre Brüste waren jetzt groß genug, um seine Hände auszufüllen ...

Wie gern hätte er sein Gesicht an diese Brüste gedrückt, es in der dichten Mähne ihres Haares vergraben, das noch immer blond und lockig war wie früher. Nur daß es heute wieder seinen gesunden Glanz besaß ...

Aber etwas anderes an ihr hatte sich verändert, etwas, das ihn zutiefst beunruhigte. Er hatte gehofft, daß sie an der Ostküste das lebhafte, optimistische Mädchen in sich wiederentdecken würde, in das er sich verliebt hatte. Körperlich war sie nun gesund, und beruflich hatte sie Erfolg gehabt, aber er befürchtete, daß ihr unerschöpfliches Vertrauen in ihre Unschuld der Preis dafür gewesen waren. Sie strahlte jetzt einen Zynismus aus, der Dugan traurig stimmte. Sie war eine andere Frau geworden.

Wenn sie nur wüßte, welch hohen Preis er bezahlt hatte, wie groß das Opfer gewesen war, das er für ihre Gesundheit gebracht hatte – wie viele Nächte er wachgelegen und sich danach gesehnt hatte, sie in seinen Armen zu halten und sie zu lieben ...

3

In Claires schlimmsten Alpträumen während ihres erzwungenen Exils war Dugan verheiratet gewesen, wenn sie nach Sierra zurückkehrte, mit einer liebenden Ehefrau, die ihm ein Haus voller reizender, schwarzhaariger Kinder geschenkt hatte.

Claire hatte sich die peinliche Begegnung in der Kirche oder in Imogenes Café vorgestellt, vor neugierigen

Augen und Zungen, die aufgeregt zu tuscheln begannen, sobald sie den Raum verlassen hatte.

Mit einem frustrierten Seufzer drehte sie sich auf den Rücken und starrte auf die Schatten an der hohen Zimmerdecke.

Das einzige, woran sie in all den Jahren nie gedacht hatte, war, daß Dugan noch unverheiratet sein könnte. Aber das war ganz allein ihre Schuld. Jedesmal, wenn Lila ihn bei einem Telefongespräch erwähnte, hatte Claire ihr gesagt, sie wolle nicht einmal den Namen dieses Mannes hören.

Fast wünschte sie, er wäre verheiratet – denn frei und ungebunden stellte er eine wesentlich größere Bedrohung für ihre Seelenruhe dar. Wie sollte sie mit dem aufgeregten Pochen ihres Herzens umgehen, mit diesem unerwünschten Prickeln, das sie überfiel, wenn er sie berührte, wie heute, an Angelas Grab?

So tun, als gäbe es ihn nicht?

»Sicher, Claire, sicher«, murmelte sie spöttisch.

Sie erhob sich vom Bett und ging zum Fenster, das auf die mondbeschienene Main Street hinausging. Der Wind hatte nachgelassen, und durch eine Ritze im Fenster hörte sie den unheimlichen Schrei einer Eule.

Wie anders als in Philadelphia, wo sie, wenn sie auch nur einen Funken Verstand besessen hätte, jetzt praktizieren würde.

Was Dugan ihr heute nachmittag verraten hatte, hätte genügen müssen, um alle verbliebenen Gefühle für ihn auszulöschen, mit Ausnahme ihres Grolls vielleicht. Sie konnte es nicht fassen, daß er von Orville Hilfe angenommen hatte. Wenn Orville *ihnen* den Kredit gegeben hätte, um den Dugan ihn gebeten hatte, hätten sie zusätzliche Hilfe einstellen können. Dann wäre sie nicht auf dem Weizenfeld gewesen, als die Wehen einsetzten. Lieber Gott, begriff Dugan denn nicht, daß sie Angela dann vielleicht nicht verloren hätte?

Solche Gedanken gingen ihr auch am nächsten Morgen noch durch den Kopf, als sie und ihr Mitbewerber im Foyer saßen und die Entscheidung des Stadtrats abwarteten.

Plötzlich wurde die Eingangstür des Hotels aufgerissen, und Fred stolperte herein, ein leichenblasses junges Mädchen im Arm, das sich vor Schmerzen krümmte und die Hände an den Bauch preßte.

»Großer Gott, bring sie her!« rief Claire und winkte Fred zu sich herüber. »Wer ist sie?«

»Keine Ahnung. Ich fand sie heute morgen auf der Bank dort draußen. Sie sagte, es ginge ihr gut, ich solle sie in Ruhe lassen. Als ich etwas später wieder hinausging, lag sie wimmernd und sich krümmend auf dem Bürgersteig.«

»Geh in mein Zimmer und hol meine Tasche«, befahl Claire. »Ich bin Ärztin, ich helfe dir«, sagte sie zu dem rothaarigen jungen Mädchen, das ausgefranste Jeans und ein viel zu weites, graues Sweatshirt trug. »Wie heißt du?«

»P-Pamela Sue.«

»Beruhige dich, Pamela Sue. Sag mir, wo es weh tut. Ist es der Magen?«

Dicke Tränen rollten über das sommersprossige, schmutzige Gesicht des Mädchens. Sie nickte, schloß die Augen und preßte die Hände wieder auf den Bauch. Obwohl sie übergewichtig war und ein weites Sweatshirt trug, war die Wölbung um ihren Bauch nicht zu übersehen.

»Sie sieht aus, als wäre sie noch minderjährig«, murmelte der Arzt aus Chicago. »Sie sollten eine Erlaubnis einholen, bevor Sie sie behandeln.«

»Erlaubnis? Das Mädchen hat große Schmerzen. Wenn ich warte, könnte es zu spät sein.«

»Tun Sie, was Sie nicht lassen können«, sagte er und zog sich in einen Sessel am Kamin zurück. »Aber lassen

Sie mich aus dem Spiel. Ich will keinen Ärger mit meiner Haftpflichtversicherung. Deshalb habe ich nie einen Arztkoffer dabei.«

Das hatten auch die meisten Ärzte in Philadelphia nicht, aber das war Claire egal. »Ich kann es nicht glauben, daß sie in Erwägung ziehen, diesen Eisberg einzustellen«, murmelte sie, als Fred ihr ihre Tasche überreichte.

»Und dabei wirkt er so sympathisch.«

»Das war anscheinend nur Berechnung.«

Claire tastete das Mädchen ab, was ihren Verdacht bestätigte. Obwohl sie nicht älter als sechzehn sein konnte, war sie schwanger.

Mit einem feuchten Tuch wischte Claire Pamela Sues Gesicht ab und flüsterte ihr zu: »Wie weit bist du, Liebes?«

»I-ich weiß nicht, was Sie meinen.«

»Ich bin Ärztin, ich verurteile dich nicht. Ich muß es nur wissen, damit ich dir helfen kann.«

Das Mädchen senkte die feuchten blonden Wimpern und biß sich auf die Lippen. »Ich bin mir nicht sicher.«

»Wie lange ist es seit deiner letzten Periode her?«

»Fünf Monate.«

»Fünf Monate. Hm, warst du bei einem Arzt?«

Sie schüttelte den Kopf.

»Dann wird es langsam Zeit. Ich habe ein Zimmer oben. Wenn du willst, kannst du dich auf meinem Bett ausruhen, während ich dich untersuche.«

»Ich habe kein Geld ... nur zwei Dollar.«

»Zerbrich dir nicht den Kopf darüber. Wo wohnst du, Pamela Sue?«

Das Mädchen wurde so abweisend, als hätte Claire sie aufgefordert, ein Staatsgeheimnis zu enthüllen.

»Es bleibt unter uns, Pamela Sue.«

»Versprochen?«

Claire lächelte. Sie kannte diese Dinge aus Philadelphia. So viele Mädchen, die selbst fast noch Kinder waren, trugen unerwünschte Babys aus, und sie hätte ihr Augenlicht dafür gegeben, mit einem dieser Mädchen tauschen zu können. »Ich verspreche es.«

»Albuquerque«, wisperte Pamela Sue hinter vorgehaltener Hand.

»Wow, das ist aber weit von hier. Wie bist du nach Sierra gekommen?«

Pamela Sue sagte nichts, bewegte nur ihren Daumen.

»Kein Wunder, daß du dich nicht wohlfühlst. Sind deine Eltern dort?«

»Ich habe keine.«

Obwohl Claire als Ärztin gelernt hatte, sich gefühlsmäßig von den Problemen ihrer Patienten zu distanzieren, tat ihr das verängstigte Mädchen leid. Sie wog mindestens zwanzig Pfund zuviel, ihr Haar war schmutzig und zerzaust. Wahrscheinlich schlief sie schon seit Wochen auf den Feldern, und der Himmel mochte wissen, wann sie das letzte Mal etwas Vernünftiges gegessen hatte.

»Wie lange hast du nichts mehr gegessen?«

Das Mädchen hob das Kinn. Stolz leuchtete in ihren grünen Augen auf. »Ich brauche keine Almosen.«

»Du vielleicht nicht, aber das Baby schon. Wann hast du zum letzten Mal etwas gegessen?«

»Heute morgen.«

»Und was war das?«

»Pfirsiche.«

»Unreife?« fragte Claire argwöhnisch.

Pamela Sue nickte. »Etwas anderes habe ich nicht gefunden.«

Claire seufzte. »Das erleichtert mich. Sobald du sie los bist, wirst du dich besser fühlen. Ich werde dir jetzt etwas für die Magenkrämpfe geben. Kannst du wieder gehen?«

Pamela Sue nickte und stand auf.

»Gut.« Claire rief Fred herbei und wandte sich zu dem Arzt aus Chicago um. »Falls der Stadtrat einen Entschluß trifft, bin ich oben. Sie werden es ihnen sagen, ja?«

»Natürlich«, antwortete er und verbarg sich rasch wieder hinter seiner Zeitung.

»Wir sollten jetzt abstimmen«, sagte Dugan. »Und wenn es euch recht ist, soll es eine geheime Wahl sein.«

»Nicht nötig. Ich glaube, es ist ziemlich klar, wer hier für wen stimmen wird«, sagte Orville mit einem vielsagenden Augenzwinkern.

»Trotzdem wäre es mir lieber«, beharrte Dugan.

Eine Weile herrschte Schweigen, während alle ihre Zettel schrieben und sie Dugan überreichten. Einer nach dem anderen öffnete er sie und las die Namen vor.

»Dr. Linwood.« Er schaute Lila an. Sie strahlte.

»Dr. Linwood, eine weitere Stimme.«

Orville bewegte sich auf seinem Platz und schaute lächelnd auf die anderen Stimmzettel in Dugans Hand, als erwartete er, daß die anderen seinen Mann unterstützen würden.

Aber Dugan war derjenige, der lächelte, als die Stimmen gezählt wurden, und Orvilles zuversichtliches Grinsen wich einem ärgerlichen Stirnrunzeln. »Wir haben ein Patt. Vier Stimmen für Dr. Linwood, vier für Dr. Paisley.«

»Dann muß noch einmal abgestimmt werden«, verlangte Orville. »Und diesmal sollten wir unseren Verstand benutzen.«

»Das halte ich für einen unangebrachten Kommentar«, erwiderte Dugan. »Unseren Regeln zufolge müssen wir noch einmal abstimmen, aber sollte es erneut zu einem Patt kommen, werde ich mit meiner Stimme als Vorsitzender den Ausschlag geben«, rief Dugan der Versammlung ins Gedächtnis.

Er schwitzte, aber nicht vor Hitze. Über ihnen drehten

sich die Deckenventilatoren. Nach und nach öffnete er die neuen Stimmzettel. Wieder ein Patt.

Die anderen tuschelten untereinander, während er um eine Entscheidung mit sich rang.

Der Arzt aus Chicago mochte kompetent genug sein, war aber, falls Dugan ihn richtig einschätzte, so kalt und gefühllos wie ein Fisch. Claire hingegen besaß das Herz einer Heiligen. Zumindest war es so gewesen, bevor er sie fortgeschickt hatte.

Plötzlich war seine Entscheidung klar. Er hatte Claire ihre Jugend genommen, ihr Kind, ihre Fähigkeit, weitere Kinder zu gebären. Das mindeste, was er tun konnte, war, ihr eine Chance zu geben, ihre Träume zu verwirklichen.

Dugan räusperte sich und stand auf. Sämtliche Gespräche brachen ab. Ruhig richtete er den Blick auf Orville Garrison. »Dr. Linwood.«

»Herrgott, der Mann hat seine Hormone bestimmen lassen!« brüllte Orville.

Dugan sah, daß Lila dem Bankier einen vernichtenden Blick zuwarf, bevor sie zu ihm kam, um ihm die Hand zu schütteln.

»Ich nehme es zurück. Du bist doch keine traurige Entschuldigung für einen Mann.«

»Ich bin nicht was?«

»Vergiß es«, sagte Lila und umarmte ihn. »Ich freue mich bloß, daß du endlich vernünftig wirst.«

Dugan lachte. »Möchtest du es ihr sagen?«

»Nein. Das ist deine Aufgabe.«

»Aber Lila ...«

»Hör zu, ihr beide werdet von jetzt an zusammenarbeiten. Am besten begrabt ihr eure Streitaxt, schließt Frieden und fangt noch einmal ganz von vorne an.«

Noch einmal ganz von vorn anfangen. Die Idee gefiel ihm. »Wo ist sie?« fragte Dugan, und seine Handflächen wurden plötzlich feucht.

Fred war gerade eingetreten. »Falls Sie Claire suchen, sie ist oben in ihrem Zimmer und behandelt jemanden.«

»Wer ist denn krank?« fragte Lila.

»Ein armes junges Mädchen, das ich auf der Straße fand.«

»Aus Sierra?«

»Nein. Eine Fremde.«

»Vielleicht solltest du es ihr dann besser sagen«, schlug Dugan vor.

Lila drohte mit dem Finger. »Dugan Nichols, das ist deine Aufgabe, und du wirst es tun.«

»Aber es gehört sich nicht, daß ich nach oben in ihr Zimmer gehe.«

»Quatsch! Sie hat einen Patienten, sie ist nicht allein. Geh jetzt und sag es ihr. Ich kann es kaum erwarten, ihr Gesicht zu sehen!«

Pamela Sue schlief bereits, als es leise an der Tür klopfte.

Claires Herz machte einen Sprung. Einen Moment lang blieb sie sitzen und hoffte wider besseres Wissen, daß die Mitglieder der Prüfungskommission ihre Vorurteile überwunden hatten.

Wieder klopfte es. Diesmal sprang sie auf und ging zur Tür. Da sie ihre Tante erwartete, bemühte sie sich nicht einmal, ihre Spannung zu verbergen, als sie die Tür aufriß. Doch dann verblaßte ihr Lächeln. Dugan stand vor ihr, in Anzug und Krawatte, und kein Lächeln erhellte seine Züge.

»Dugan.«

Sein Blick glitt über sie, von Kopf bis Fuß, und richtete sich dann auf ihr Gesicht. »Hi, Doktor. Wie geht's deiner Patientin?«

»Sie schläft.«

»Kann ich dich einen Moment sprechen?«

»Klar«, erwiderte Claire widerstrebend, und plötzlich

bestürmte sie eine Erinnerung. Sie und Dugan hatten die Hochzeitsnacht auf der Farm seines Großvaters verbracht. Nachdem sie sich geliebt hatten, hatte Dugan ihr versprochen, eines Tages, wenn seine Finanzen es erlaubten, das beste Zimmer des Hotels für Mr. und Mrs. Dugan Nichols zu reservieren ... In diesem Zimmer stand sie jetzt, und Dugan auf der Schwelle. Aber wahrscheinlich hatte er das Versprechen längst vergessen, wie er auch sein Ehegelübde vergessen hatte.

»Laß uns hinausgehen«, schlug sie vor.

Während sie die Tür schloß, war ihr sein frischer, herber Duft fast schmerzhaft stark bewußt. Als ihr Arm seine Schulter streifte, schaute sie kurz auf und merkte, daß er sie beobachtete. Seine Nähe brachte sie ein wenig aus der Fassung. »Ich ... ich nehme an, die Kommission hat inzwischen einen Entschluß gefaßt.«

»Ja, wir haben unsere Wahl getroffen.«

Er verzog keine Miene. Claires Herz sank noch etwas tiefer. »Und du bist gekommen, um mir zu sagen, daß sie nicht auf mich gefallen ist?«

Ein belustigtes Funkeln erschien in seinen braunen Augen. »Das habe ich nicht gesagt.«

»Du meinst ...?«

Er griff nach ihrer Hand, und alle Kraft wich aus ihren Knien. Mit der flachen Hand stützte sie sich an die Wand und blinzelte, um sicherzugehen, daß sie nicht träumte.

»Ich meine, daß ein Glückwunsch angebracht ist, Dr. Linwood.«

»O Dugan!« Claire drückte eine zitternde Hand an ihren Mund. Es war ein Moment, den sie für immer in Erinnerung bewahren wollte. Sie dachte an ihre Eltern und wie sehr sie sich für sie gefreut hätten. Die Bürde von zwölf Jahren des Studiums und der Opfer fiel von ihren Schultern ab. Plötzlich war alles die Mühe wert gewesen.

Am liebsten hätte sie den Boten mit einer Umarmung

und einem Kuß belohnt. Selbst wenn dieser Bote Dugan Nichols war und er vermutlich gegen sie gestimmt hatte. Ganz gleich, ob sie ihren Erfolg ihm zum Trotz errungen hatte und nicht seinetwegen. Sie wollte ihre Freude mit jemandem teilen, den sie liebte, und Dugan, verdammt, war noch immer dieser Mann.

Um sich nicht lächerlich zu machen, steckte Claire die Hände in die Hosentaschen. »Ich kann es fast nicht glauben, Dugan!« sagte sie und spürte, wie zwei Tränen über ihre Wangen rollten.

Unsicher hob er eine Hand und zögerte, bevor er die Tränen mit dem Daumen abwischte.

Am liebsten hätte sie seine Hand ergriffen und sie geküßt, um sich dann mit einem Freudenschrei in seine Arme zu stürzen. Statt dessen schloß sie die Augen, atmete tief durch und murmelte: »Danke. Ich bin ein bißchen überwältigt von den Neuigkeiten.«

»Die Neuigkeiten. Ja. Ich ... das dachte ich mir.« Er schaute auf seine Hand, die noch feucht von ihren Tränen war. Dann richtete er seinen aufrichtigen, offenen Blick auf sie.

Bitte, laß diesen Moment vergehen, flehte sie. Wenn Dugan sich nicht bald von ihr entfernte, würde sie sich zu guter letzt doch noch zum Narren machen. Sie wußte, daß er nichts anderes als Freundschaft von ihr wollte, und war fest entschlossen, die Barriere zu respektieren.

Mit einem Lächeln öffnete er sein Jackett und zog ein weißes Kuvert heraus. »Ich bin befugt, dir das zu geben.«

Neugierig wie ein Kind, riß sie es auf. Es enthielt einen Vertrag und einen Scheck auf ihren Namen, der von Dugan unterzeichnet war.

»Neuntausend Dollar!«

Dugan lächelte. »Wir dachten, daß unser Doktor Startkapital benötigen würde. Das ist dein erstes Monatsgehalt.«

»O Dugan, soviel Geld auf einmal habe ich noch nie

gesehen!« Sie drückte den Scheck an ihre Brust und beschrieb lachend eine volle Drehung auf dem Korridor. »Jetzt kann ich mir Kleider kaufen, ein Auto und eine neue Couch für Tante Sophie.«

»Paß auf, daß du dich nicht in Schulden stürzt«, warnte er sie stirnrunzelnd.

»Schulden ... Klar. Natürlich nicht.«

»Alle warten unten auf dich. Es findet ein formeller Empfang statt, mit einem kalten Buffet zum Lunch. Die ganze Stadt ist dazu eingeladen.«

»Aber ich kann meine Patientin nicht allein lassen«, wandte Claire ein. »Das Mädchen ist sehr verängstigt.«

»Lila kann bei ihr bleiben, und ab und zu kannst du ja nach ihr sehen.«

»Ja, das ginge wohl.« Claires Tante war ausgebildete Krankenschwester und durchaus in der Lage, sich um Pamela Sue zu kümmern.

»Claire ...«

»Ja?«

»Ich möchte, daß du weißt, wie froh ich für dich bin.«

»Danke, Dugan.«

»Und du sollst auch wissen, daß ich dir nicht im Wege stehen werde. Natürlich bin ich derjenige, der die Patienten in die Klinik fliegen wird, wenn es nötig ist. Und ich kümmere mich auch um die Buchhaltung und so. Es wird anfangs ein bißchen komisch sein, wieder in derselben Stadt zu leben.«

»Das habe ich auch schon gedacht«, murmelte sie.

»Könnten wir nicht versuchen, die Erinnerungen zu vergessen?«

Unmöglich, dachte sie. »Wie ich dir gestern schon sagte, bin ich nicht sicher, ob ich das kann. Es ist zuviel geschehen, Dugan.«

»Dann wenigstens die schmerzlichen Erinnerungen. Können wir nicht die aus unserem Kopf verbannen?«

Claire dachte eine Weile nach und beschloß, daß die

Zeit gekommen war, einen Neuanfang zu wagen. »Wenn wir nicht vergessen können, Dugan, können wir vielleicht verzeihen.«

Zögernd hob sie eine Hand und berührte seine Wange. Sein Blick verriet, daß auch er dachte, daß ihre gemeinsame Zeit nicht immer schlecht gewesen war.

»Ich entsinne mich, daß du ein sehr feinfühliger Mann sein kannst. Und diese Eigenschaft brauche ich von dir, wenn ich aus dieser Praxis das Allerbeste machen will.«

»Feinfühlig«, wiederholte er. »Komisch, ich hätte nicht gedacht, daß du dieses Wort für mich benutzen würdest, nach allem ...«

»Eines Tages werden wir darüber reden, aber jetzt ...«

»Jetzt trinken wir auf einen neuen Anfang!«

Sie lächelte und wollte ihm ihre Hand entziehen. Aber Dugan bedeckte sie mit seiner. Sie war warm und fest, eine Hand, die sie in hemmungslose Leidenschaft versetzt hatte. Und obwohl Claire das Gegenteil beschlossen hatte, verspürte sie den verzweifelten Wunsch, ihn zu bitten, ihren einsamen Körper wieder zum Leben zu erwecken. Aber das war selbstzerstörerisches Denken, das sie zu beherrschen lernen mußte.

»Ich habe schon immer gewußt, daß du eine wunderbare Frau bist«, flüsterte er lächelnd. »Und jetzt wirst du auch ein wunderbarer Doktor sein. Unser Doktor.«

4

»Ein bißchen früh für deine monatliche Einzahlung, nicht wahr?« fragte Orville, während er durch das Foyer der Bank zum Schalter hinüberkam.

»Die Schecks stapeln sich«, sagte Dugan und wünschte, Orville möge sich um seine eigenen Angelegenheiten kümmern. »Warum sollte ich sie herumliegen lassen, wenn sie mir Zinsen bringen können?«

Mit schiefgelegtem Kopf betrachtete Orville das halbe Dutzend Schecks, die Dugan dem Kassierer hinschob. »Jagdgebühren – habe ich recht?«

Dugan nickte. »Es ist Rebhuhnsaison.« Er verdiente gut an den Pachtverträgen für das Brachland, das er vor einigen Jahren zu einem Spottpreis erworben hatte.

»Ich hatte dich schon früher erwartet. Jetzt, wo unsere Ärztin aus Philadelphia zurückgekommen ist und so . . .«

»Ach, ist sie schon wieder da? Das wußte ich nicht.« Dugan hoffte, daß er für die Lüge nicht in die Hölle kam. Aber er würde verdammt sein, wenn er Orville eingestand, daß sein Blut durch seine Adern raste wie bei einem Pferd nach einem zu harten Galopprennen.

Keine zehn Minuten, nachdem sein Vorarbeiter aus der Stadt die Nachricht mitgebracht hatte, daß Claire im Hotel eingezogen war, war Dugan in seinen Wagen gestiegen und in die Stadt gerast. Die vier Wochen, in denen sie fort gewesen war – achtundzwanzig X auf seinem Kalender – waren ihm wie eine Ewigkeit erschienen.

»Ein schönes Auto hat sie sich gekauft.«

»Ein teures Auto«, räumte Dugan mit einem Blick auf den dunkelblauen Lincoln Continental ein, der vor dem Hotel parkte. Anscheinend hatte Claire eine Neigung zu Luxus entwickelt, seit er sie fortgeschickt hatte.

»Sie hätte ihn wenigstens über Moses bestellen können.«

»Ja, das sollte man meinen.«

»Gunther war heute morgen da und beschwerte sich über den Haufen Pakete, die von der Ostküste für sie gekommen waren. Sie hat eine Menge unseres Geldes ausgegeben, und nichts davon hier in der Stadt. So wie sie das Geld zum Fenster hinauswirft, kannst du froh sein, daß ihr euch getrennt habt.«

»Unsere Trennung geht dich nichts an«, sagte Dugan mit einem ärgerlichen Blick auf Orville, während er sein Sparbuch einsteckte und sich zum Gehen wandte. »Ich glaube, ich brauche frische Luft.«

Orville starrte Dugan noch nach, als er schon die Stufen zum Hotel hinaufstürmte. Falls Orville vorhatte, Claire das Leben schwerzumachen, jetzt, wo sie hier Ärztin war, dann konnte er sich auf einiges gefaßt machen. Es paßte Dugan zwar nicht, wie sie ihr Geld ausgab – für ihren teuren Wagen mußte sie sich schwer in Schulden gestürzt haben – aber sie verdiente einen neuen Start in Sierra, und er würde dafür sorgen, daß sie ihn bekam.

An der Tür zur Halle hörte er Stimmengewirr, das sich sehr nach einem Streit anhörte. Eine dieser Stimmen war Claires.

Er konnte es kaum erwarten, sie zu sehen, und dennoch zögerte er, weil er sich nicht in ein privates Gespräch einmischen wollte. Anstatt hineinzugehen, spähte er durch die Spitzengardinen an der Glastür.

Da stand sie, am Fuß der Treppe. Obwohl sie ihm den Rücken zukehrte, hätte er sie an ihrer lockigen blonden Mähne überall erkannt. An dem dichten, seidenweichen Haar, das ihre Brüste gestreichelt hatte, wenn sie rittlings auf ihm saß, mit zurückgelegtem Kopf und Augen, die vor Leidenschaft verhangen waren ...

Die Muskeln in seinen Armen spannten sich von der Anstrengung, nicht die Tür aufzureißen und hineinzustürmen. Gut, daß Claire nicht allein war. Wenn sie es gewesen wäre, hätte er sie wahrscheinlich in die Arme gerissen und geküßt.

Gunthers laute Stimme drang durch die geschlossene Tür. »Was ist, Doc? Ist Emmas Boutique Ihnen nicht fein genug?«

Dugan sah, wie er Claire einen Stapel Päckchen in die Arme drückte.

»Das ist es nicht, Gunther. Ich brauchte neue Sachen,

hatte aber keine Zeit zum Einkaufen, und deshalb habe ich aus einem Katalog bestellt.«

»Mir scheint, Sie tragen Ihre Nase hoch genug, daß ein Vogel sich darauf niederlassen könnte. In einem Hotel zu wohnen, wenn Sie bei Ihrer Tante unterkommen könnten!«

»Es geht Sie zwar nichts an, Gunther, aber es ist kein Platz für mich bei Lila. Sie hat dieses Mädchen aufgenommen, Pamela Sue. Ich bin hier, weil ich nichts anderes habe, wo ich wohnen könnte.«

Du hättest bei mir wohnen können, dachte Dugan, aber er wußte es besser, als ihr sein Gästezimmer anzubieten.

»Und was war vorher, als Sie wegen der Bewerbung hier waren?«

»Da wohnte Dixie Hinkle bei Lila. Meine Tante meinte, daß sie Hilfe brauchte nach der Rückenoperation.«

»Ich habe gehört, daß ein Zimmer Ihnen nicht genügte. Sie mußten hingehen und gleich zwei mieten.«

Claires Stimme wurde eine Oktave lauter. »Ich habe hart gearbeitet, um zu erreichen, was ich habe, Gunther. Die Zimmer sind sehr klein. Ich glaube, ich kann mir den Luxus zweier angrenzender Zimmer leisten, bis ich eine passende Wohnung finde.«

Gunther hatte kein Recht, seine Nase in Claires Angelegenheiten zu stecken, aber was er über die Extravaganz, zwei Zimmer zu mieten, sagte, war nicht unrichtig. Doch Dugan hatte sich jedes Recht verscherzt, über ihre Angelegenheiten zu urteilen, als er sie fortgeschickt hatte. Aber er liebte sie noch immer und wollte nur ihr Bestes. Wenn sie sich zu tief in Schulden stürzte, konnte das eine Menge Probleme heraufbeschwören.

»Ja, wahrscheinlich können sie sich alles leisten, was Sie wollen«, sagte Gunther gehässig. »Jetzt, wo Sierra Sie reich macht.«

Jetzt reicht es, dachte Dugan und riß die Tür auf. Hektische rote Flecken bedeckten Claires Wangen, und weder sie noch Gunther schienen Dugan zu bemerken.

»Ich werde jeden Penny verdienen, den man mir hier bezahlt, und noch einiges mehr!« versetzte Claire entrüstet.

»Eine Schande, daß Sie nicht eher zurückkommen konnten, bis die Leute hier versprachen, Sie reich zu machen!«

Dugan hatte genug. Er schlenderte in die Halle und trat zwischen Claire und Gunther. Ob sie seine Einmischung nun wollte oder nicht, sie würde sie bekommen. Er konnte nicht einfach dastehen und sich Gunthers Frechheiten anhören.

»Haben Sie nichts anderes zu tun, als Dr. Linwood zu belästigen?« fragte er und nahm ihr die Päckchen ab. Zuerstt runzelte Gunther ärgerlich die Stirn, doch dann krümmte er sich plötzlich und begann zu husten.

»Hi, Doc. Willkommen daheim. Wo willst du die Päckchen haben?«

»Oben, in meinem Zimmer.« Sie nahm den Schlüssel und steckte ihn in seine Hemdtasche, formte mit den Lippen »Danke« und verdrehte die Augen.

»Kommen Sie zu mir, damit ich Sie untersuchen kann«, sagte sie zu Gunther. »Dieser Husten wird immer schlimmer.«

»Ich habe Ihnen schon einmal gesagt, daß ich keinen Arzt brauche.«

»Kommen Sie trotzdem. Die Praxis sollte in einer Woche öffnen, wenn alles klappt. Versuchen Sie in der Zwischenzeit, mit dem Rauchen aufzuhören, ja?«

»Ha!«

Als Dugan Gunthers Stiefel über den Boden scharren hörte, nahm er an, daß der Streit beendet war. Am Kopf der Treppe schaute er sich jedoch noch einmal um, sah, daß Gunther Claire mit unverhohlener Bosheit musterte, und blieb stehen, falls sie ihn doch noch brauchen sollte.

»Hören Sie, Doc«, knurrte Gunther.
»Ja?« antwortete sie müde.
»Verletzen Sie diesen Mann nicht noch einmal! Als Sie fortgegangen sind und ihn verlassen haben, hat es ihn fast umgebracht.«

Als Dugan Claires Schlüssel zurückbrachte, war sie schlapp vor Ärger. Sie bemühte sich jedoch, ihre Wut über Gunthers ungerechte Beschuldigungen nicht an Dugan auszulassen, weil sie in Frieden mit ihm leben wollte und ebensowenig wie er daran interessiert war, den alten Schmerz wiederauferstehen zu lassen.

Aber wie sollte sie das Versprechen, das sie ihm vor vier Wochen gegeben hatte, wahr machen, wenn Leute wie Gunther einen solch irrationalen Groll gegen sie hegten? Wenn sie ihr die Schuld an etwas gaben, was Dugan getan hatte?

»Das mit Gunther geht dir nahe, nicht?« fragte er, als sie sich auf den Weg zur Praxis machten.

Claire stieß einen tiefempfundenen Seufzer aus. »Ich weiß nicht, was er gegen mich hat.«

»Du bist erfolgreich, während er kaum genug zum Leben hat.«

»Du hast auch Erfolg gehabt. Aber dich behandelt er nicht, als hättest du die Hand in jedem Portemonnaie der Stadt.«

»Vielleicht nimmt er dir übel, daß du Sierra verlassen hast und in die Großstadt gezogen bist.«

»Und wessen Schuld war das?«

»Claire ...«

»Schon gut. Ich weiß. Ich hatte es versprochen.«

»Laß ihm Zeit. Er wird wieder zur Besinnung kommen.«

»Kommen sollte er wirklich – zu eine Untersuchung, meine ich. Dieser Husten klingt bedenklich.«

»Weißt du was? Ich werde ihn an allen Vieren fesseln, und dann kannst du mit ihm machen, was du willst.«

»Wie früher, wenn wir diese widerspenstigen Kälber einfingen«, versetzte sie lachend.

Dugans Brauen schossen hoch. Seine Stimme sank eine Oktave. »Ich hätte nicht gedacht, daß du dich daran erinnerst.«

»Nun ja ... natürlich erinnere ich mich«, sagte sie und legte eine Hand auf ihren Magen. »Ich habe sogar eine Narbe davon zurückbehalten.«

»Ah ja, die Narbe.« Vielsagend glitt sein Blick über ihre Brüste zu ihrem flachen Bauch. »Ich glaube, ich weiß sogar noch, wo sie ist.«

Eine heiße Röte stieg in Claires Wangen. Das Kalb hatte ihr mit dem Huf die Haut am Magen aufgerissen, bevor Dugan ihm die Beine fesseln konnte. Tagelang hatte er die Wunde gereinigt und Salbe auf die entzündete Haut gestrichen. Ein paarmal waren seine Finger dabei gestreunt ...

Bemüht, diese Gedanken zu verdrängen, ging Claire in verlegenem Schweigen neben Dugan her. Als sie Imogenes Café passierten, winkte Opal ihnen grüßend zu. Zwei Häuser weiter, hinter einem Baseballfeld, stand die funkelnagelneue Klinik.

Den großen Parkplatz eingerechnet, nahm sie fast einen halben Hektar Land ein.

Claire blieb auf der anderen Straßenseite stehen und bewunderte das einstöckige Stuckgebäude, das weiß in der heißen Julisonne schimmerte. Die Vorstellung, daß die Hälfte von all dem in fünf Jahren ihr Eigentum sein würde, löste eine prickelnde Vorfreude in ihr aus.

»Gefällt es dir?« fragte Dugan.

»Und wie! Vor allem die Blumen und die Bäume. Ich bin froh, daß du sie davor bewahrt hast, gefällt zu werden.«

Zwei majestätische alte Eichen standen rechts und

links von der Klinik wie stumme Wächter, in liebevoll gepflegten Beeten blühten Geranien und Petunien.

Petunien. Claire lächelte über die Erinnerung, die diese zarten Blüten heraufbeschworen. Als sie auf die Farm gezogen war, hatte sie Petunien unter ihrem Schlafzimmerfenster angepflanzt, die nachts mit ihrem süßen Duft den Raum erfüllten.

Dugan deutete auf die Autos auf dem Parkplatz. »Ich hörte, daß du etwa ein Dutzend Leute zu einem Vorstellungsgespräch herbestellt hast.«

»Ich hoffe, daß einige Krankenschwestern darunter sind.«

»Zwei, glaube ich.«

»Gut. Wenn sie geeignet sind, werde ich beide einstellen.«

»Weißt du schon, wen du als Sprechstundenhilfe willst?«

»Allerdings.«

»Und wer soll das sein?«

»Erinnerst du dich an das nette junge Mädchen, das ich damals im Hotel behandelte?«

Dugan runzelte die Stirn. »Die Schwangere?«

Etwas in Claire rebellierte gegen Dugans Definition. Er hätte Pamela Sue auch als »das Mädchen mit dem roten Haar« bezeichnen können. »Ihr Name ist Pamela Sue, und sie kann den Job gebrauchen.«

»Lila hat sie in ihrem Gästezimmer untergebracht. Sie arbeitet die Miete ab, indem sie kocht und saubermacht.«

»Sie braucht trotzdem einen Job, und wenn auch nur für ihre Selbstachtung. Sie muß ein schweres Leben gehabt haben, meinte Tante Lila. Und sie wird Geld brauchen, wenn das Baby kommt. Ihre Entbindung geht natürlich auf Kosten des Krankenhauses, aber sie braucht Windeln und Babynahrung und ...«

»Da Sierra die Klinik finanziert, wäre es da nicht besser, die Stellung jemandem aus dieser Stadt zu geben?«

»Pamela Sue lebt auch hier«, beharrte Claire.

»Wer weiß, wie lange?«

»Nimm es mir nicht übel, Dugan, aber ich finde, den Job sollte derjenige bekommen, der ihn am meisten braucht.«

»Deiner Meinung nach.«

Claire sah den harten Zug um Dugans Kinn und begriff, daß er es ernst meinte. »Im übrigen ist es nicht deine Entscheidung.«

»Hör zu, Claire ...«

»Nein, du hörst jetzt mir zu! Ich hatte dich bei meinem Vorstellungsgespräch gefragt, wer die Einstellungen vornimmt. Damals sagtest du, das wäre meine Sache.«

»Ja. Aber ...«

»Ich werde nicht nachgeben, Dugan.« Claire begann die Straße zu überqueren. Dugan folgte ihr. »Solange ich die Arbeit tue, für die ich eingestellt wurde, besitzt niemand das Recht, mich zu kritisieren. Und das schließt auch dich mit ein«, fügte sie mit einem entschiedenen Blick auf ihn hinzu.

Dugan sagte nichts, preßte nur die Lippen zusammen und starrte geradeaus. Claire erinnerte sich nur zu gut an diesen Blick. Das letzte Mal, als sie ihn gesehen hatte, war an dem Tag gewesen, als er sie mit der Mitteilung geweckt hatte, daß sie mit dem nächsten Bus die Stadt verlassen würde.

Er konnte die Stirn runzeln, soviel er wollte. Claire war nicht länger die bedauernswerte, schwache Kreatur, die er einst gezwungen hatte, fortzugehen. Sie würde alle Entscheidungen, die ihre Klinik betrafen, selber treffen, mit oder ohne Dugans Segen.

»Ich habe nur meine Ansicht dazu geäußert, Doc.«

»Ich brauche deine Ansicht nicht.«

»Na schön.« Er blieb abrupt stehen, und seine Augen wurden schmal. »Ich werde dich nicht mehr belästigen und mich im übrigen so rar wie möglich machen.«

Und dann, bevor sie etwas darauf erwidern konnte, wandte er sich brüsk ab und stürmte mit großen Schritten über den gepflegten Rasen vor der Klinik auf die Straße zu.

»Das kann mir nur recht sein«, murmelte sie, als sie ihm nachsah. Doch bevor er noch aus ihrer Sicht verschwunden war, begriff sie, daß es eine kolossale Lüge war.

Claire stellte Pamela Sue als Sprechstundenhilfe ein. Die Augen des Mädchens glitzerten vor Tränen, als Claire ihr sagte, sie könne vormittags arbeiten, bis die Schule wieder anfing, und dann nachmittags, bis das Baby kam.

Obwohl Claire darauf gefaßt war, Pamela Sues Anwesenheit in der Klinik rechtfertigen zu müssen, hätte sie sich keine Sorgen zu machen brauchen. Seinem Wort getreu, machte Dugan sich so rar wie möglich.

Montags morgens, wenn sie in die Klinik kam, stellte sie fest, daß er am Wochenende die Buchhaltung auf den neuesten Stand gebracht hatte. Wenn er ihr irgend etwas mitzuteilen hatte, hinterließ er einen Zettel. Claire versuchte sich einzureden, sie sei froh, daß er sie in Ruhe ließ, damit sie sich ungestört ihrer Aufgabe widmen konnte.

Gelegentlich begegnete sie ihm beim Lunch bei Imogene, und dann spürte sie wieder ihre Einsamkeit – so heftig, daß sie versucht war, ihn an ihren Tisch zu bitten, unter dem Vorwand, etwas Geschäftliches mit ihm besprechen zu wollen.

Aber kaum waren sie beide in dem vollbesetzten Restaurant, brachen sämtliche Gespräche ab, als ginge es die ganze Stadt an, was sich zwischen ihnen abspielte. Claire hatte das Gefühl, daß sie Dugan nur schief anzusehen brauchte, damit sofort jemand zu seiner Verteidigung sprang. Es herrschte jedesmal eine solche Spannung in dem Restaurant, daß Claire den Appetit verlor und schließlich dazu überging, sich etwas zu essen in die Klinik mitzunehmen.

Sie liebte ihre Arbeit. Einer nach dem anderen kamen die Stadtbewohner, um sich untersuchen zu lassen. Es gab die üblichen Fälle von Grippe, Bronchitis, Pilzerkrankungen und Ohrentzündungen. Zwischen den Sprechstunden gab sie Unterricht in Säuglingspflege für Pamela und drei andere schwangere Frauen.

Ihre aufregendste Diagnose war, als sie einen faustgroßen Tumor in der Lunge eines einheimischen Farmers feststellte. Nachdem sie sich mit einigen Spezialisten in Lubbock beraten hatte, wurde der Patient in die Klinik gebracht und nach ausführlichen Labortests operiert.

Als der Anruf des Chirurgen kam, daß der Tumor entfernt war und keine Metastasen festzustellen waren, gab Claire eine Party in der Klinik, zu der sie sogar Dugan einlud. Denn das war es, wofür Ärzte lebten – etwas zu verändern und Leben zu retten.

Sie merkte, daß der Groll der meisten Leute nach und nach geringer wurde und Tag für Tag Barrieren eingerissen wurden. Dieses Gefühl der Zusammengehörigkeit war tröstlich, doch die Leere und Einsamkeit in ihr wurden immer größer. Sie wollte sich nicht eingestehen, daß nur Dugan diese Leere füllen konnte, aber die Wahrheit war, daß er der einzige war, dem es gelungen wäre.

Genau einen Monat nach Eröffnung der Klinik brach nachmittags um fünf die Hölle los. Ein Zimmermädchen des Hotels war beim Öffnen eines Fensters von einem Dutzend Wespen gestochen worden. Als Claire ihr gerade Antihistamin spritzen wollte, ertönte ein schrilles Kindergeschrei im Nebenzimmer. Eine hysterische Mutter saß dort, einen ebenso hysterischen zweijährigen Sohn auf ihrem Schoß, der sich den Arm gebrochen hatte.

Als Claire beide Patienten beruhigt und behandelt

hatte, sehnte sie sich nach einem stillen Dinner und angenehmer Unterhaltung. Lila hatte Pamela Sue zu einer Ultraschall-Untersuchung nach Lubbock gefahren und war noch nicht zurück. Die beiden Krankenschwestern würden den Abend daheim bei ihren Familien verbringen. Die Aussicht, allein im Hotel zu essen, genügte, um Claire den Appetit zu rauben.

Seufzend schaute sie aus dem Fenster.

Zwei Teenager, ein Junge und ein Mädchen, schlenderten Arm in Arm über die Straße. Ihre Gesichter glänzten vor Gesundheit – und junger Liebe.

Wieder seufzte Claire. In den sorglosen Tagen, bevor ihre Eltern starben, waren sie und Dugan oft spazierengegangen. Ihre Mutter hatte Dugan jeden Sonntag zum Mittagessen eingeladen, und danach hatten sie über ihren Büchern gesessen und sich bemüht, die Leidenschaft zwischen ihnen zu ignorieren. Wenn das Verlangen, sich zu berühren, allzu groß wurde, brachen sie zu einem Spaziergang auf ... um ein bißchen ungestört zu sein.

Und du störst nun dieses junge Paar, dachte sie schuldbewußt und wandte sich vom Fenster ab, um die Karteikarten ihrer letzten beiden Patienten zu vervollständigen.

Das Quietschen von Reifen, gefolgt von einem lauten Krachen, zerriß den stillen Sommerabend. Der Boden unter ihr erbebte.

»Was ...?« Claire wirbelte herum und schob die Jalousie beiseite.

Ihr erster Gedanke war, daß ein betrunkener Fahrer über die Straße gerast war und das Pärchen überfahren hatte.

Ein Blick aus dem Fenster, und das Herz sank ihr bis in die Knie.

5

»Dugan!«

Vor der Klinik, am Eingang zum Parkplatz, hatte Dugans glänzender neuer Pickup frontal eine der alten Eichen gerammt. Rauch stieg aus dem Motor auf. Durch den Dunst sah Claire, daß Dugan zusammengesunken über dem Steuer lag, leblos und ohne sich zu rühren.

Für einen Moment war sie nicht imstande, sich zu bewegen, war keine Ärztin mehr, sondern die Frau, die einst mit Dugan verheiratet gewesen war – die Frau, deren ungestüme Liebe zu dem texanischen Farmersjungen nie gestorben war.

Doch dann übernahm die Ärztin in ihr die Kontrolle über Körper und Verstand, und Claire ergriff ihre Tasche und stürzte hinaus.

Bitte, laß ihn nicht schwer verletzt sein. Bitte, gib mir die Kraft, ihm beizustehen, betete sie in ihrer Angst.

Sie erreichte den Wagen im selben Moment wie die beiden Teenager. Der Junge riß mit einem Ruck die Tür auf. Claire warf einen Blick in den Wagen und griff haltsuchend nach der Tür.

Blut. Dugans Blut. Überall. Der vertraute, widerlich süße Geruch vermischte sich mit dem beißenden Rauch, der in Claires Nase drang.

Benommen hob Dugan den Kopf. »Doc ...«

»Er lebt!« rief das Mädchen.

Claire wurde ganz schwindlig vor Erleichterung. »Dugan«, sagte sie und griff nach seinem Puls. »Ich werde dich ...«

Aber bevor sie weiterreden konnte, sackte er in sich zusammen und rutschte aus dem Wagen auf die Straße.

Claire kniete sich neben ihn und legte zwei Finger an seinen Hals. Ein schwacher Puls war wahrzunehmen. Er würde nicht mehr lange leben, wenn sie ihn nicht schleunigst fortbrachte. Schnell ... Er hat schon zuviel Blut verloren ...

Wie zur Warnung schoß zischend eine Dampffontäne aus dem Motor.

»Wir müssen ihn hier fortbringen«, sagte Claire zu den Teenagern. »Der Wagen kann jeden Moment explodieren.«

»Ich packe ihn an den Schultern, du nimmst die Füße«, befahl der Junge seiner Freundin. »O Gott, hast du das Bein gesehen?«

Blut pumpte aus der Innenseite von Dugans Oberschenkel und bedeckte seine Jeans mit einer klebrigen roten Masse. Claire vermutete, daß seine Oberschenkelschlagader entweder gerissen oder ganz durchtrennt war. Sie hoffte, daß es nur ein Riß war, was schon schlimm genug gewesen wäre. Aber falls die Arterie durchtrennt war ... Sie wagte sich Dugans Chancen gar nicht auszudenken, falls die Verletzung derart ernst war.

»Schnell. Bringt ihn in die Klinik. Die erste Tür rechts. Ich glaube, es ist die Oberschenkelschlagader. Wir müssen die Blutung so schnell wie möglich stoppen.«

Claire bewegte sich präzise, gab Befehle und dachte schnell. Sie haßte es, einen Patienten zu verlieren, ganz gleich, wen, aber Dugan konnte und würde sie nicht sterben lassen. Egal, wie sehr er sie verletzt hatte, sie liebte ihn noch immer. Liebte ihn noch mehr, als ihr bis zu diesem Augenblick bewußt gewesen war.

Sie hatte ihm noch einiges zu sagen, ob er es nun hören wollte oder nicht.

Der Junge – Adam – befolgte ihre Anweisungen mit sicherer Hand und klarem Kopf. Er diente ihr als Assistent. Seine Freundin, Becky, half auch, aber sie war so blaß, daß Claire befürchtete, sie könne jeden Augenblick in Ohnmacht fallen.

»Alles in Ordnung?« fragte sie das Mädchen.

Becky nickte stumm.

»Gut. Ich möchte, daß du Hilfe rufst. Eine Schwester. In meinem Büro – die zweite Tür rechts – liegen zwei Telefonnummern auf dem Schreibtisch.«

Becky nickte und verschwand auf dem Korridor.

»Adam, in dem Schrank dort ist Verbandszeug. Bring mir alles, was du finden kannst. Ja, gut so ... Gib es mir.«

Rasch drückte sie eine sterile Kompresse auf die Blutung in Dugans Oberschenkel.

»Hol eine Decke, Adam! Im Schrank dort drüben ... Er steht unter Schock ... Ja, gut so. Hier.« Sie ergriff seine Hand und drückte sie auf die Kompresse. »Gut festhalten, Adam. Ich muß jetzt seine Jeans abschneiden.«

Dugan stöhnte, war offensichtlich bei Bewußtsein, denn er griff nach seinem Bein.

»Laß das, Dugan. Ich muß die Hose aufschneiden. Es wird ein bißchen weh tun.«

Während sie die Schere bewegte, warf Dugan den Kopf herum und stieß Flüche aus, so derb, wie sie sie noch nie von ihm gehört hatte. Aber wahrscheinlich gab es einiges an diesem Mann, was sie noch nicht kennengelernt hatte.

Die Jeans war enger, als Claire gedacht hatte. Als sie vorsichtig den Stoff zerschnitt, entdeckte sie mehrere diagonale Schnitte, zusätzlich zu der Verletzung der Arterie.

»Gott, was hat er bloß mit seinem Bein gemacht?« fragte Adam.

»Das weiß der liebe Himmel«, murmelte Claire. »Aber schau dir seine Stiefel an.«

»Igitt. Kuhmist!«

»Er war wohl auf der Weide. Das könnte eine Infektion erzeugen. Wenn wir ihn verbunden haben, mußt du mir helfen, seine Stiefel aufzuschneiden.«

»Er wird nicht begeistert sein, sie zu verlieren.«

»Er hat andere«, sagte Claire. »Sie auszuziehen, würde seine Wunden zu sehr belasten. Er hat auch so schon genug Blut verloren. Ich kann nicht riskieren, daß er noch mehr verliert.«

»Er wird es doch schaffen?« fragte der Junge besorgt.

»Natürlich schafft er es«, antwortete Claire, ebensosehr Dugan wie dem Jungen zuliebe. »Aber bis die Krankenschwester kommt, mußt du mir helfen, Adam. Kannst du das?«

»Sie brauchen mir nur zu sagen, was ich tun soll.«

»Bewahr den Druck auf der Arterie«, befahl sie, während sie ein Ohr an Dugans Brust legte. Sein Herzschlag war schwach und unregelmäßig.

Claire griff hinter sich und nahm zwei Flaschen Wasserstoffsuperoxyd aus dem Kühlschrank. »Wo bleibt deine Freundin?«

»Becky!« rief Adam über seine Schulter.

Das Mädchen kam an die Tür. »Die Schwestern sind nicht zu Hause. Was tun wir jetzt?«

»Wir müssen zusehen, daß wir es allein schaffen. Du wirst mir helfen. Schnell, nimm Adams Platz ein, Becky.«

Das Mädchen schluckte und gehorchte.

»Drück fest die Kompresse auf die Wunde. Ja, so ist es gut. Wunderbar, Becky.«

»Und du, Adam, pack Dugan an den Armen. Wenn ich die Wunden desinfiziere, wird es brennen. Halt ihn gut fest. Er darf nicht vom Tisch fallen. Bist zu bereit?«

»Ja.«

Als sie die kühle Flüssigkeit auf Dugans Wunden goß, bäumte er sich auf und versuchte, sich aus dem Griff des Jungen zu befreien. Claire beobachtete, wie das Wasserstoffsuperoxyd kleine weiße Bläschen auf den Wunden bildete.

»War er nicht Ihr Mann?« fragte Becky.

Claire nickte und wich dem fragenden Blick des Mädchens aus. *Er wäre immer noch mein Mann, wenn er es nicht so eilig gehabt hätte, mich loszuwerden.*

Claires Körper schmerzte, als ob sie einen Bullen geritten

hätte. Achtzehn Stunden waren vergangen, seit sie Dugan aus der Klinik in eins der Betten in ihrem Hotelzimmer gebracht hatte, unterstützt von besorgten Bürgern, die von all der Aufregung in die Klinik gelockt worden waren.

Es kümmerte sie nicht, was die Klatschtanten der Stadt zu sagen hatten. In ihrer Suite würde Dugan es bequemer haben als auf der schmalen Liege in der Klinik, und hier konnte sie während der kritischen ersten vierundzwanzig Stunden bei ihm wachen. Sie wollte persönlich alle vier Stunden seine Verbände wechseln und in seiner Nähe sein, wenn er wieder zu sich kam.

Die Tatsache, daß sie kein Auge zugetan und nichts gegessen hatte, war nicht der Grund für ihre Erschöpfung.

Durch ihre Zeit als Assistenzärztin war sie an lange Stunden und anstrengende Nachtwachen gewöhnt. Sie hatte Patienten mit gefährlicheren Verletzungen als Dugans behandelt und sich besser dabei gefühlt als jetzt.

Nachdem sie alle freiwilligen Helfer aus dem Raum gescheucht hatte, war die professionelle Fassade von ihr abgefallen, und sie war in Tränen ausgebrochen. Dugan hätte an seinen Wunden sterben können.

Als sie ihn jetzt unruhig in ihrem Bett schlafen sah, erschauderte sie bei dem Gedanken, ihn niemals wiederzusehen und nie wieder zu berühren.

Die Tür ging leise auf, und Lila kam herein. »Noch eine Stunde, dann legst du dich hin, junge Dame.«

»Ich bin keine junge Dame, und ich bin nicht müde.«

»Und Kröten springen nicht. Eine Stunde.«

Claire scheuchte ihre Tante aus dem Zimmer und sank in den Schaukelstuhl, den sie an Dugans Bett gezogen hatte. Sie würde einfach ein wenig die Augen schließen und warten, bis er zu sich kam.

Kaum hatte sie die Augen geschlossen, bewegte Dugan sich. Claire richtete sich auf und sah, daß er an den Handtüchern zerrte, mit denen sie seine Handgelenke an das Bettgestell gebunden hatte.

»Dugan!« rief sie. »Dugan?«

Er antwortete nicht, ließ sich nur stumm wieder in die Kissen zurücksinken.

Auch gut, dachte Claire aus ärztlicher Perspektive und überprüfte den Sitz der Sandsäckchen, die den Druckverband über der verletzten Arterie festhielten. Wenn sie ihn noch acht Stunden stillhalten konnte, brauchte die Schlagader vielleicht nicht operiert zu werden.

Sein Kopf rollte auf die Seite, seine Augen flatterten halb auf. Er leckte sich die Lippen und murmelte: »Claire ... Claire.«

Sanft strich sie über seinen Arm. »Ich bin bei dir, Dugan.«

»Oh ... da ... bist ... du. Bett ...?«

»Ja, du bist im Bett.« Sie lachte über die Ironie. »In meinem Bett. Wir haben dich in mein Hotelzimmer gebracht, damit du es bequemer hast.«

Seine Augen fielen wieder zu. Tiefe Linien furchten seine Stirn. »Konnte ... dich ... nie ... herbringen.«

Daß er sich an sein Versprechen erinnerte, nachträgliche Flitterwochen im Hotel zu machen, erschütterte Claire, aber sie wollte dem nicht allzuviel Bedeutung zumessen.

Die Gedanken der Patienten schweiften oft in die Vergangenheit, wenn sie große Schmerzen hatten.

Wieder berührte sie zärtlich seinen Arm. »Dugan?«

Seine Lider zuckten. »Hm?«

»Möchtest du etwas? Wasser? Ein Stückchen Eis?«

»Nein. Nein.« Er hielt inne, um dann hinzuzufügen: »Claire ... gehen lassen.«

Gehen lassen? Wollte er, daß sie seinen Arm losließ? Verletzt über die Bitte, zog sie widerstrebend ihre Hand zurück.

»Haut ...«

»Sie tut weh, das weiß ich. Bald gebe ich dir noch eine Spritze gegen die Schmerzen.«

»Claire ... wehtun. Will nicht ... Claire ... wehtun.«

»Ich werde mein Bestes tun, aber ich kann dir die Schmerzen nicht ganz nehmen«, sagte sie, während sie dachte, daß dies alles sehr seltsam klang. Denn falls sein Körper sich über die Jahre nicht verändert hatte, gehörte er zu jenen seltenen Menschen, die mit einer sehr hohen Schmerzschwelle gesegnet waren.

»Haut ... und Knochen.«

»Haut und Knochen? Du bist alles andere als mager.« Bewundernd ließ sie ihren Blick über seinen Körper gleiten. Seine Muskeln waren sogar noch ausgeprägter als vor Jahren, als sie ihn so liebevoll gestreichelt hatte.

»Knochen. Nur Haut ... und ... Knochen«, murmelte er. »Claire.«

Claire schaute an sich herab, von ihren vollen Brüsten zu ihren kräftigen Oberschenkeln. Falls Dugan glaubte, sie bestünde nur aus Haut und Knochen, war er entweder kurzsichtig oder im Delirium. Mit einssiebenundsechzig wog sie zweiundsechzig Kilo. Das konnte man wohl kaum als dünn bezeichnen.

»Wird ... sterben.«

»Du wirst nicht sterben, Dugan«, sagte sie beruhigend, strich ihm eine schwarze Locke aus der Stirn und streichelte seine Wange. »Nicht, wenn du tust, was ich dir sage. Du mußt ...«

»Wenn ... ich ... sie ... nicht fortschicke.«

Claires Hand erstarrte an seiner Wange. Fortschicken? Wen? Sie schon wieder? Jemand anderen? Was redete er da nur?

Bevor sie seinen Worten einen Sinn entnehmen konnte, drehte er seine Hand und zeigte ihr die Handfläche. »Nimm ... das.«

»Was denn, Dugan?« Sie legte ihre Hand in seine. »Was ist es, was du mir geben willst?«

»Fahrschein. Bus. So. . .phie«, murmelte er und fuhr aufstöhnend zusammen.

Claire empfand seinen Schmerz wie ihren eigenen. Als sie aufsprang, um eine Spritze aufzuziehen, gingen ihr Dugans seltsame Worte durch den Kopf.

Wo mochte er sein in seinem Fieberwahn? Und wichtiger noch – in welcher Zeit?

Im Heute?

Das glaubte Claire nicht. Er hatte einen Busfahrschein erwähnt und Sophie. Das konnte nur eins bedeuten – er meinte die Zeit vor zwölf Jahren, als er sie fortgeschickt hatte.

Sie maß die genaue Dosis ab und kehrte zu Dugans Bett zurück. Nachdem sie ihm die Spritze gegeben hatte, zog sie das Laken wieder über seinen Körper. Und da, als sie seine Brust berührte, erwachte ein unwiderstehlicher Drang in ihr. Wie gern hätte sie ihm nachgegeben! Wie viele Nächte hatte sie davon geträumt, sich wieder an ihn zu schmiegen – ihren Kopf auf seine Brust zu legen und auf seinen Herzschlag unter ihrem Ohr zu lauschen?

Dies war ihre Chance dazu. Ihre letzte Chance, den Mann zu berühren, der einst ihr Ehemann gewesen war. Er wäre es wert, selbst wenn er nicht ihre Lippen suchen und sich nicht einmal erinnern würde, wie sie sich anfühlten.

Sie beugte sich über seine Brust, vorsichtig, um ihn nicht zu berühren. Dann schloß sie die Augen und drückte sehr sanft, sehr behutsam ihren Mund auf seine stoppelige Wange.

Und schmeckte Salz.

Salz? Woher? Tränen?

Verblüfft öffnete sie die Augen, strich mit der Fingerspitze über seine Wange. Sie war feucht. Naß von Tränen.

Tränen? Wieso? Weil er Schmerzen hatte?

Seine gemurmelten Worte begannen plötzlich einen Sinn zu ergeben … *Claire gehen lassen. Claire nicht wehtun wollen. Haut und Knochen. Claire. Wird sterben ... wenn ich sie nicht fortschicke. Nimm den Fahrschein. Bus. Sophie.*

»O Dugan, was wolltest du mir damit sagen?« rief sie erschüttert. »Ist es möglich ... ich meine, hast du ...? Großer Gott, du hast mich doch nicht etwa fortgeschickt, weil du Angst hattest, ich würde sterben, wenn ich nicht fortginge?«

Rascheln. Das Gemurmel leiser Stimmen. Kühle Luft an seinen nackten Beinen. Eiskalte Flüssigkeit auf seinen Schenkeln ...

... die wie Feuer brannte! Wo war er – und warum, zum Teufel, folterte ihn jemand?

Mühsam schlug er die Augen auf und blinzelte in trübes Licht.

Wo immer er auch sein mochte, es roch steril, außer einer Spur von ... ja ... Claire. Diesen Duft würde er überall wiedererkennen. Sauber. Blumig. Süß. »Claire?«

»Danke für das Kompliment, Dugan, aber ich bin nicht Claire.«

Die Stimme ... Lila. Claire war also doch nicht hier. Er mußte schon wieder geträumt haben, wie in so vielen einsamen Nächten. Enttäuscht ließ er sich zurücksinken.

»Ich habe Claire fortgeschickt. Das arme Mädchen hat seit zwanzig Stunden unentwegt bei dir gesessen. Halt still! Da du jetzt wieder bei Bewußtsein bist, wirst du es spüren.«

Die Hitze an seinem Schenkel verwandelte sich in Feuer. Fluchend kniff er die Augen zu und biß die Zähne zusammen. Was, um Gottes willen, machte Lila da mit ihm? »Was soll das?« brüllte er. »Willst du mich foltern?«

»Nein. Ich wollte mich nur überzeugen, daß du richtig wach bist.«

»Das kann man wohl sagen. Bist du jetzt zufrieden?«

»Himmel, was sind wir heute empfindlich!«

»Wo ist Claire?«

»Sobald ich deine Wunden verbunden habe, hole ich sie. Aber halte sie nicht zu lange auf, hörst du?«

Dugan hörte, wie sich eine Tür öffnete, und dann Claires wundervolle Stimme: »Hat jemand nach mir gerufen?«

Vergeblich versuchte er, sich aufzurichten. »Was gibt's, Doc?«

Lila drückte ihn aufs Bett zurück. »Nicht! Du bleibst hier. Mindestens noch eine Woche, Claire, nicht wahr?«

»Richtig.« Lächelnd trat sie an Dugans Bett, doch bevor er die Hand ausstrecken und sich vergewissern konnte, daß sie Wirklichkeit war, zog Lila Claire beiseite.

In seinem benommenen Zustand beschloß Dugan, daß er mit Vergnügen eine Woche bleiben würde – wo immer er auch sein mochte –, solange Claire dort stand und ihn so anlächelte.

Langsam ließ er den Blick durch den Raum schweifen. Er war in . . . einem Hotelzimmer. Hm.

An der Wand ihm gegenüber hing ein Foto von Claires Eltern. Es mußte also in Claires Zimmer sein . . .

»Du bist in meinem Zimmer«, hörte er sie sagen. »Weißt du, warum?«

Also, so groß waren seine Schmerzen nun auch wieder nicht, daß er keinen Grund gefunden hätte, in Claires Bett zu sein. Aber sein Instinkt sagte ihm, daß es mehr als Hormone waren, was ihn in ihr Zimmer gebracht hatte.

Alptraumhafte Szenen auf der Weide kamen ihm plötzlich in den Sinn. Stacheldraht, der beim Straffen losgerissen war und sich in sein Bein gebohrt hatte. Der Schmerz, o Gott, der Schmerz! Als ob sich zwanzig Messer in seinen Schenkel bohrten . . . Er sah sich wieder auf den Pickup zustolpern und von einer Seite zur anderen schlingernd in die Stadt fahren. Die Straße verschwamm vor seinen Augen. Das letzte, woran er sich erinnerte, war der massive Baumstamm, der direkt vor seinem

Wagen auftauchte. Unterhalb der Gürtellinie, in einer Gegend, die eigentlich dem Vergnügen diente, pochte etwas. »Wie schlimm ist es?« fragte Dugan Claire und versuchte, sein Bein zu heben.

»Schlimm. Aber du wirst es überleben, wenn du stillhältst.« Sie wandte sich an Lila. »Ich werde ihn verbinden.«

»Ich bin nebenan, falls du mich brauchst.«

Dugan hörte die Tür gehen, und dann waren sie allein. Claire stand neben seinem Bett, hob das Laken auf und starrte auf ... seine intimsten Körperstellen.

Vorsichtig berührte sie die Haut an seinen Schenkeln, gefährlich nahe an seinen Geschlechtsteilen. Es tat weh – und dann doch wieder nicht. Aber ihre Hände zitterten. Wieso?

»Beweg dich nicht eher, bis ich es dir sage«, warnte sie.

Und ob er sich bewegen würde, wenn sie ihn noch einmal berührte – falls der Muskel sich nicht ganz von selbst bewegte. Da Dugan inzwischen jedoch klarer dachte, hielt er es für besser, sich und diesem unabhängig funktionierenden Körperteil eine Ablenkung zu verschaffen. »Was habe ich, Doc?«

»Eine verletzte Oberschenkelschlagader. Und ein paar häßliche Kratzer, die Lila gerade desinfiziert hat.«

»Das war es also. Ich dachte schon, sie würde mein Bein in Brand setzen.«

»Das müßte helfen.« Mit zitternden Händen trug Claire eine Salbe auf.

Dugan grinste. »Doc?«

Erstaunt schaute sie auf. »Ja?«

»Macht es dich nervös, da ... *unten* zu arbeiten?«

Sie hob das Kinn und errötete ein wenig. »Unsinn. Ich bin Ärztin und tue das andauernd.«

»Andauernd, hm?«

»Klar.«

»Zittern deine Hände dabei immer so?«

Sie schaute ihn nicht an. »Nein. Es ist bloß ... ein bißchen kalt hier drinnen.«

Er ergriff ihre Hand und zog sie über seine nackte Brust. »Siehst du? Es ist nicht kalt«, erklärte er schmunzelnd. »Ich habe keine Gänsehaut.«

Claire entzog ihm ihre Hand, aber er sah, daß sie ein Lächeln unterdrückte.

Gut. Endlich kam er weiter.

»Könntest du mir bitte sagen, wie das passiert ist?« fragte sie.

Na schön, wenn Claire es vorzog, so zu tun, als sei er ein ganz normaler Patient, dann würde er eben mitspielen. Er hatte gesehen, was er sehen wollte – er konnte noch immer eine Reaktion in ihr erzeugen, und das bedeutete, daß es noch Hoffnung gab.

Während er ihr erzählte, wie es zu dem Unfall mit dem Stacheldraht gekommen war, legte Claire ihm mit raschen, geschickten Bewegungen einen Verband an.

»Du brauchst eine gute Woche Bettruhe«, sagte sie, als er seinen Bericht beendet hatte. »Und wahrscheinlich auch einen neuen Wagen.«

Dugan stöhnte. »Ich habe ihn erst seit einigen Monaten.«

»Es ist nur Geld, Dugan.«

Nur Geld. Claire hatte recht. Ein kaputter Pickup war ein kleiner Preis für eine Woche derart liebevoller Pflege. Wie zärtlich sie die Salbe aufgetragen hatte ... Hm. Er lachte und bedauerte es sogleich. »Au!«

»Ich habe dir doch gesagt, du sollst still liegen.«

Klar, Doc. Sagen Sie das mal meinem kleinen Freund da unten.

Sie setzte sich in einen Schaukelstuhl an seinem Bett und strich ihr Haar hinter die Ohren.

Sie hatte wundervolles, welliges, blondes Haar, die Art von Haar, in dem ein Mann seine Hände gern vergrub, wenn er ...

O nein. Du schon wieder. Leg dich hin und schlaf. Nein? Verdammt! »Au!«

»Dugan, reiß dich zusammen.«

»Wenn du wüßtest, wie schwierig das aus meiner Perspektive ist!«

Als hätte sie keine Ahnung, was er meinte – und er war sicher, daß sie es *wußte* – faltete sie die Hände im Schoß. Ihre langen, schlanken Finger hatten früher Wunder in seinen schmerzenden Muskeln bewirkt. Vielleicht konnte er sie zu einer Massage überreden. Aber gaben Ärzte überhaupt Massagen?

»Danke, daß du mich gerettet hast«, sagte er schmunzelnd.

Sie lächelte. »Es war mir ein Vergnügen.«

»Ganz meinerseits.« Und dann tat sie etwas, was seiner Meinung nach sehr seltsam war: Sie umklammerte die Armlehnen ihres Sessels und begann zu schaukeln – preßte die Lippen zusammen, schwieg und schaukelte, schaukelte und schaukelte.

»Was hast du, Doc?« fragte er, nachdem er eine Weile zugesehen hatte.

Claire hielt inne, befeuchtete ihre Lippen und richtete einen nachdenklichen Blick auf ihn. »Warum hast du mich damals fortgeschickt?«

Ihre Frage bestürzte ihn. Was hatte er in seinem Fieberwahn gesagt, um diese Frage auszulösen, und wie sollte er sie beantworten? »Du weißt, warum«, erwiderte er ausweichend.

»Weil du mich nicht mehr geliebt hast?«

»Das trifft es in etwa.«

»Ich will, daß du es sagst. Ich will, daß du mir sagst: ›Ich habe dich in diesen Bus gesetzt, weil ich dich nicht mehr liebte.‹ Los, Dugan, nun sag es schon!«

Er tat, als gähnte er und schloß die Augen. »Später, Doc. Ich bin schrecklich müde.«

»O nein, das kommt nicht in Frage!« Sie umklammerte

seinen Arm so fest, daß ihre Nägel Spuren hinterließen. »Mach die Augen auf! Ich will mit dir darüber sprechen.«

»Ich dachte, wir hätten uns darauf geeinigt, dies alles zu vergessen?«

»Das war, bevor ich hörte, was du im Schlaf gemurmelt hast.«

»Das habe ich bestimmt nicht so gemeint – ganz gleich, was es gewesen ist.«

»Dugan, du hast meine Frage nicht beantwortet. Warum hast du mich fortgeschickt?«

»Ich nehme an, du willst die Wahrheit hören?«

»Die ungeschminkte Wahrheit bitte.«

»Sie wird dir nicht gefallen.«

»Probier es.«

»Du wirst mich doch nicht schlagen?« schwankte er.

Claire lächelte. »Nicht in deinem gegenwärtigen Zustand.«

»Also gut.« Er atmete tief ein und suchte nach Worten, um seine Handlungsweise zu erklären. Er hatte nie gewollt, daß sie herausfand, was sie ihn jetzt zuzugeben zwang. »Du warst krank.«

»Ja.«

»Ernsthaft krank. Du warst nur noch Haut und Knochen.«

»Haut und Knochen«, wiederholte sie. »Ja. Fahr fort.«

»Nach Angelas Tod war es, als ob dein Lebenswille gebrochen wäre. Ich sah, wie du mir Tag für Tag ein bißchen mehr entglitten bist. Deine Augen hatten ihren Glanz verloren, du hast kaum noch gesprochen, Claire. Ich hatte Angst, daß ich dich verlieren würde, so wie wir Angela verloren hatten.«

»Mich verlieren? Das ist doch absurd. Du hast mich verloren, als du mich fortgeschickt hast!«

»In gewisser Hinsicht ja, in anderer nicht.«

»Aber warum hast du nicht einfach ...«

»Ich habe versucht, dich zu Lila in die Stadt zu schicken, damit du dich dort erholen konntest. Damit du etwas zunimmst.«

»Du brauchtest mich auf der Farm. Mein Platz war dort.«

»Ich brauchte dich lebendig. Ich habe mir den Kopf zerbrochen, was ich mit dir tun könnte. Dann sah ich dich eines Tages hinter dem Haus einen Brief lesen. Es war der Brief, in dem dir mitgeteilt wurde, daß du nur noch ein Jahr Zeit hattest, dein Stipendium an diesem College in Pennsylvania anzunehmen.«

»Woher wußtest du von diesem Brief?«

»Ich sah dich weinen. Ich habe immer deine Privatsphäre respektiert, aber ich mußte wissen, was dir solchen Kummer bereitete. Ich wartete, bis du eingeschlafen warst, und dann durchsuchte ich das ganze Haus.«

»Bis du den Brief gefunden hattest.«

»Ja. Als ich ihn gelesen hatte, haßte ich mich selbst. Wenn ich nicht gewesen wäre, hättest du studiert. Du wärst nicht schwanger geworden und auch nicht fast gestorben, als du unser Kind zur Welt brachtest. Du hättest nicht auf ewig deine Chancen ruiniert, Babys zu bekommen. Du wärst nicht aus Kummer um Angela fast umgekommen.«

Claire biß sich auf die Lippen. Tränen strömten über ihre Wangen. Dugan hätte sie gern in die Arme genommen, doch alles, was er sagen konnte, war: »Claire, was ich getan habe, habe ich aus Liebe zu dir getan.«

Abrupt hob sie den Kopf. Zorn flackerte in ihren blauen Augen auf. »Ich will nur eins wissen – wer hat dich gebeten, Gott zu spielen?« Wütend sprang sie auf und begann durch den Raum zu schreiten. »Wer gab dir das Recht, zu entscheiden, was das Beste für mich war?«

»Du hast nur noch fünfundvierzig Kilo gewogen, als du fortgingst, Claire! Und sieh dich jetzt an – du bist heute eine gesunde junge Frau. Du bist Ärztin. Du rettest

Leben. Meins hast du gerettet. *Das* war deine Bestimmung – und nicht, auf einer schäbigen Farm zu verrotten, mit einem Mann, der dir nichts anderes als Leid und Armut bieten konnte.«

Claire wischte ihre Tränen ab und schüttelte den Kopf. »Wenn Orville uns nur das Darlehen gewährt hätte, um das wir ihn gebeten hatten!«

»Nur ein Narr würde einem Mann Geld leihen, der bis über beide Ohren in Schulden steckt.«

»Er hat es dir geliehen, als ich fort war. Warum? Weil er damit endlich den Groll befriedigt hatte, den er gegen meinen Vater hegte?«

»Das glaube ich nicht. Es passierte einfach so vieles, nachdem du fort warst. Sein Sohn geriet in Schwierigkeiten. John brauchte Hilfe. Ich brauchte jemanden zum Arbeiten. Und ich hatte endlich eine Glückssträhne.«

»Warum hast du meine Brief nicht beantwortet?«

Dugan hielt ihrem anklagenden Blick gelassen stand. »Weil ich wußte, daß du zwischen den Zeilen lesen würdest, daß ich dich noch liebte.«

»O Dugan.«

»Du hättest deine Träume geopfert und wärst zurückgekehrt, und dann hätte ich dir wieder wehgetan.«

»Du warst mir wichtiger als das Studium«, entgegnete sie leise. »Aber du hast mir keine Wahl gelassen.«

»Es tut mir leid, Claire. Ich habe getan, was ich für das Beste für dich hielt. Jetzt kann ich nur hoffen, daß du uns eine zweite Chance gibst. Eine Chance, uns so kennenzulernen, wie wir heute sind. Wir könnten noch einmal ganz von vorn beginnen, Claire. Es ist noch nicht zu spät.«

Die alte Claire hätte das Wasser vom Nachttisch genommen und es ihm ins Gesicht geschüttet. Und wäre dann wütend aus dem Raum gestürmt.

Aber diese Claire, die neue Claire, starrte ihn nur an, schob die Hände in die Taschen ihres weißen Kittels und ging zum Fenster, um hinauszuschauen. Dugan glaubte, eine leise Trauer in ihr wahrzunehmen, konnte sich jedoch nicht sicher sein.

Was hatte er damit erreicht, sie fortzuschicken? Eine sanfte, liebenswerte Frau in diesen Eisberg zu verwandeln?

»Nun?« fragte er, als er es nicht mehr aushielt.

Sie wandte sich langsam um und verschränkte die Arme. »Ich weiß nicht, was ich sagen soll.«

»Du weißt es nicht? Vielleicht hast du mir nicht zugehört. Ich habe dir gerade einen Antrag gemacht, Claire. Ich habe dich gebeten, einen neuen Anfang mit mir zu machen, und das ist deine Antwort? ›Ich weiß nicht, was ich sagen soll‹? Warum nicht ›Geh zum Teufel‹ oder ›Laß mir Zeit, darüber nachzudenken‹?« Kopfschüttelnd hielt er inne. »Oder: ›Ja, Dugan, ich möchte deine Frau werden‹?«

Sie warf ihm einen Blick zu, als wäre er eine Fliege an der Wand oder ein Patient, der nicht ihrer Aufmerksamkeit bedurfte. Ein schmerzhafter Klumpen bildete sich in Dugans Kehle. Sein Herz klopfte so laut, daß es in seinen eigenen Ohren dröhnte.

Sag es, Claire. Es ist noch nicht zu spät. Wir können noch einmal von vorn beginnen.

»Ich weiß nicht, Dugan«, erwiderte sie seufzend. »Es ist so viel geschehen. So viele Lügen, so viel Schmerz. Wir sind älter. Wir haben uns verändert. Vielleicht ist es doch zu spät für uns.«

Großer Gott, was hatte er nur aus der Frau gemacht, die er mehr liebte als alles andere auf der Welt?

6

Obwohl sie innerlich aufgewühlt war, bemühte sich Claire, eine kühle Fassade zu bewahren, weil sie Dugan nicht unnötig aufregen wollte. Glücklicherweise begann das Schmerzmittel zu wirken, so daß er innerhalb weniger Minuten eingeschlafen war.

Wäre sie keine Ärztin gewesen, hätte sie ihm seinen Heiratsantrag ins Gesicht geschleudert und ihm gesagt, daß er zwölf Jahre zu spät kam.

Aber sie wußte, daß eine solche Reaktion seinen Zustand nur verschlimmert hätte.

Nachdem sie Lila gebeten hatte, bei ihm zu wachen, ging sie zum Empfang hinab, um sich ein anderes Zimmer geben zu lassen.

Dugan konnte ihre Suite behalten. Sie wollte nur so weit entfernt wie möglich von ihm sein.

Laß ihn nicht mehr an dich heran. Er kann dir nicht mehr wehtun, wenn du ihn nicht an dich heranläßt.

Ein leises Klopfen schreckte sie auf, als sie auf ihrem neuen Bett lag und ihren Tränen endlich freien Lauf ließ.

»Ich bin's, Lila. Mach auf, Kind. Ich habe dir zwei Aspirin gebracht.«

Seufzend öffnete Claire die Tür. »Mach dir keine Sorgen. Ich bin nur müde, Tante Lila.«

»Und sehr enttäuscht, vermute ich.«

Verbitterung war das einzige Gefühl, das noch in Claire zurückgeblieben war. Ihre Stimme klang kalt und abweisend. »Dugan hat es dir erzählt.«

»Als du fort warst.« Lila setzte sich auf das Bett und strich Claires feuchtes Haar von ihren Wangen. »Er macht sich Vorwürfe«, sagte sie leise.

»Gut. Ich hoffe, daß er leidet.«

»Wie du gelitten hast?«

»Niemand verdient ein solches Leid. Er hat mir das

Herz gebrochen, Tante Lila. Und er sagt, er hätte es aus Liebe getan. Das ist doch absurd.«

»Ach, ich weiß nicht, Kind. Vielleicht hättest du genauso gehandelt, wenn du an seiner Stelle gewesen wärst.«

»Niemals!«

Lila lächelte und reichte Claire ein Taschentuch. »Niemals ist ein hartes Wort.«

»Ich würde nie den Mann fortschicken, den ich liebe.«

»Liebst du ihn noch, Claire? Träumst du nachts von ihm? Erinnerst du dich daran, wie es früher mit ihm war? Wie es war, wenn ihr euch geliebt habt?«

Claire nickte seufzend. »Ja. Ja. Wie soll ich das vergessen? Ich wünschte, ich könnte es!«

»Aber trotzdem schickst du ihn fort – gewissermaßen.«

»Was soll ich denn sonst tun?«

»Das kann ich nicht entscheiden. Ich mache dich nur auf einen Widerspruch in deinem Denken aufmerksam.«

»Woher soll ich wissen, ob er nicht lügt? Er hat mich schon einmal belogen. Vielleicht denkt er, jetzt, wo ich wieder in der Stadt bin, gesund bin und einen einträglichen Beruf ausübe, wäre ich keine Last mehr für ihn.«

Lila wandte für einen Moment den Blick ab. »Ich dürfte es dir eigentlich nicht sagen, aber es gibt etwas, was du wissen solltest. Wenn Dugan nicht gewesen wäre, hättest du die Stellung nicht bekommen.«

»Wie meinst du das?«

»Was ich meine – und wehe, du sprichst mit jemandem darüber! – ist, daß Dugan nach einem Patt die Abstimmung entschieden hat. Als Vorsitzender konnte er das. Er hat für dich gestimmt, Claire, und sich damit harte Worte eingehandelt. In gewisser Weise könnte man also sagen, daß du deine Stellung dem Mann zu verdanken hast, den du mit Giftpfeilen beschießt.«

»Und dafür soll ich Dankbarkeit empfinden? Entschuldige, aber das kann ich nicht. Überraschung ja. Aber keine Dankbarkeit.« Claire schüttelte den Kopf. »Tante Lila, ich liebe dich wie eine Mutter, aber das hättest du mir wirklich ersparen können.«

»Die Wahrheit schmerzt manchmal, aber sie schafft Klarheit. Du wolltest wissen, warum Dugan dich fortgeschickt hatte. Er wollte dir eine Chance geben, deine Träume zu verwirklichen. Und indem er dich zur Leiterin der Klinik wählte, beendete er, was er zwölf Jahre zuvor begonnen hatte.«

Lila schwieg einen Moment. »Versuch dich doch einmal in seine Lage zu versetzen«, bat sie dann. »Weißt du, was er durchgemacht hat? Was er geopfert hat für den Menschen, den er am meisten liebte auf dieser Welt?«

»Meine Träume zu verwirklichen?« wiederholte Claire. »Mein liebster Traum war, seine Frau zu sein, und den hat er mir genommen.«

Lila stand auf und küßte Claire auf die Wange. »Ich kann sehen, daß du Zeit brauchst, um nachzudenken.«

Claire nickte nur und fragte sich, wie viele Jahre des Nachdenkens es erfordern würde, bis sie akzeptierte, was mit ihr geschehen war, mit ihrer Ehe ... und mit Dugan.

»Das wird ein wunderschönes Haus, Dr. Linwood.«

Claire schrak aus ihrer Träumerei auf und drehte sich lächelnd zu Pamela Sue um. Überall um sie herum wimmelte es von Zimmermännern und Elektrikern, die Überstunden machten, um Claires eigenes Haus fertigzustellen. Es sollte ein zweistöckiges Gebäude im viktorianischen Stil werden, mit Balkonen, Türmchen, Giebeln und einer geräumigen Veranda, auf der sie irgendwann einmal ein ruhiges, beschauliches Rentnerdasein führen würde.

Allein.

Der Septemberwind nahm ihren Seufzer mit. Wenn

Pamela Sue nur wüßte, wie widersprüchlich ihre Gefühle im Hinblick auf das Haus waren. Sicher, sie konnte es kaum erwarten, ein eigenes Heim zu haben. Aber sie und Dugan hatten früher auf der Veranda gesessen und von ihrem Traumhaus geschwärmt, das nie gebaut wurde. Claire hätte nicht gedacht, daß die Erinnerung an diese Gespräche sie quälen würde, als sie dieses Haus baute. Sie wünschte, sie könne Dugan ein für allemal vergessen.

»Wenn das Baby da ist, mußt du mich einmal besuchen«, sagte sie zu Pamela Sue.

Das Mädchen strich über seinen umfangreichen Bauch und lächelte. »Manchmal habe ich das Gefühl, es käme nie.«

»Laß sehen – es sind nur noch sechs Wochen, nicht?«

Schwere Schritte ertönten hinter ihnen auf dem kiesbestreuten Weg. Als Claire sich umschaute, sah sie Dugan herüberkommen, und sie umklammerte fast schmerzhaft hart die Wagenschlüssel. Was wollte er hier?

»Hi, Dugan«, sagte Pamela Sue. »Sie sehen gut aus.«

Dugan sprach mit ihr, aber sein Blick ruhte auf Claire. »Es geht mir wieder blendend – dank unserem Doc hier.«

Pamela blickte von Dugan zu Claire und grinste wissend. »Also . . . ich glaube, ich muß jetzt gehen.«

»Vergiß nicht, dich hinzulegen und dich auszuruhen«, ermahnte Claire sie, bevor sie sich zu Dugan umwandte.

»Was bringt dich in die Stadt?« fragte sie und wunderte sich, wie lieblos ihre Stimme klang.

»Ich wollte meinen Wagen aus der Werkstatt holen.«

»Du brauchtest doch keinen neuen zu kaufen?«

»Nein. Moses hat ihn repariert.«

»Und dein Bein ist so gut verheilt, daß du wieder fahren kannst.«

»Worauf du dich verlassen kannst.« Lächelnd spreizte er die Hände. »Ich hätte allerdings nichts dagegen, wenn du mich noch einmal untersuchen wolltest.«

»Du träumst«, murmelte sie und wandte den Blick ab, damit er nicht die Sehnsucht sah, die in ihr erwacht war, als sie ihn hatte kommen sehen.

»Und ob ich träume«, erwiderte er nachdrücklich. »Aber weißt du was?«

»Was?«

»Zumindest habe ich dich zum Lächeln gebracht.«

»Ich lächle andauernd.«

»Ich habe etwas anderes gehört.«

»Ach ja? Was denn?«

»Daß du ein bißchen niedergeschlagen warst in letzter Zeit.« Er trat näher, und sie nahm den frischen Duft seines Aftershave wahr. »Und du lächelst nie, wenn du mich siehst.«

Warum mußte er so verdammt aufmerksam sein? Und so umwerfend attraktiv? Sie wurde ganz nervös unter dem forschenden Blick seiner warmen braunen Augen, die sie mit unverhohlenem Interesse musterten.

Sie wollte nicht so reagieren, wenn er in ihrer Nähe war, wollte ihre Gefühle und Erinnerungen ein für allemal zu Grabe tragen. Aber wahrscheinlich erforderte das Zeit, wie Lila sagte.

Dugan schaute über ihre Schulter. »Orville hat mir von deinem Haus erzählt.«

»Wie gefällt es dir?«

»Willst du die Wahrheit hören?«

»Selbstverständlich.«

»Du brauchst kein Haus zu bauen.«

Claire runzelt die Stirn. »Es war keins zu verkaufen.«

»Du hättest bei mir einziehen können.«

Damit du mich wieder fortschickst, sobald du meiner überdrüssig bist. »Dugan ...«

»Schon gut.« Ein entschlossener Zug erschien um seinen Mund. »Ich lasse es gut sein ... für den Moment. Aber betrachte dich als gewarnt: Ich gebe nicht auf, Doc. Ich denke nicht daran, *uns* aufzugeben.«

»Tu, was du nicht lassen kannst.«

»Das tue ich immer.«

»Allerdings«, murmelte sie.

Um ein bißchen Abstand zu ihm zu gewinnen, zwang sich Claire zu einem Lächeln und bot an, ihm das Haus zu zeigen. Das erwies sich als ein Fehler. Dugan folgte ihr durch die Eingangstür und tat, als betrachtete er eine Ritze in der Wand, bevor er einen weiteren, gezielten Pfeil abschoß.

»Dieses Haus muß dich eine Menge Geld kosten.«

»Ich kann es mir leisten«, entgegnete sie ärgerlich.

»Und den Wagen auch?«

Sie zählte bis zehn, um ihn nicht zum Teufel zu schicken. »Dugan«, sagte sie dann in zuckersüßem Ton, »meine Finanzen gehen dich nichts an. Dieses Recht hast du ...«

»Vor zwölf Jahren aufgegeben. Ich hätte den Mund halten sollen. Aber als Freund – nur als Freund, nicht mehr – habe ich den Eindruck, daß du dich bis zum Hals in Schulden stürzt.«

»Du schreibst meine Gehaltsschecks aus. Du solltest wissen, daß ich mir all das leisten kann und noch viel mehr.«

»Mein Großvater dachte auch, er könne es sich leisten, Schulden zu machen.«

»Er hat eben übertrieben. So weit kommt es bei mir nicht.«

Dugan lächelte, und ob Claire wollte oder nicht, ihr Groll verflog. Sie standen in dem Raum, der eines Tages ihre Küche sein würde, und vor den großen Fenstern ging die Sonne unter.

Sonnenuntergang ... Das war Claires liebste Tageszeit.

Unerwünschte Erinnerungen an Zärtlichkeiten in der Küche auf der Farm begannen sie zu bedrängen.

»Ich mag es, wie der Sonnenschein dein Haar zum Leuchten bringt«, sagte Dugan und berührte ihre Wange.

Claire erstarrte, bewegte sich nicht vor lauter Angst, sich in seine Arme zu stürzen.

»Du bist eine wunderschöne Frau, Claire.«

Der Beeper an Claires Gürtel ertönte.

»Die Pflicht ruft«, wisperte sie, entfernte sich jedoch nicht von Dugan – keinen Zentimeter.

»Ja«, sagte er, schlang einen Arm um ihre Schultern und führte sie zur Tür. »Das hat die Pflicht so an sich, nicht?«

In jener Nacht lag Claire wach im Bett und versuchte, das Verlangen zu ignorieren, das seit der Begegnung mit Dugan nicht mehr von ihr weichen wollte.

Warum konnte er sie nicht in Ruhe lassen?

Das Telefon auf dem Nachttisch klingelte. Froh über die Ablenkung, nahm sie schon beim zweiten Klingeln ab. »Ja?«

»Doc?« murmelte Fred verschlafen. »Ein Ferngespräch für dich. Aus Mexiko.«

»Mexiko? Ich kenne niemanden in Mexiko.«

»Orville und Ruthie sind da unten. Vielleicht sind sie es.«

»Ja, vielleicht«, stimmte sie zu. »Stell es durch, Fred.«

Es klickte in der Leitung, und dann erklang die kultivierte Stimme der Frau des Bankdirektors. »Dr. Linwood? Hier spricht Ruthie.«

»Ja, ich bin's, Ruthie. Was ist?«

»Orville ...« Ein unterdrücktes Schluchzen. »Ich glaube, er hat einen Herzanfall.«

Claire hatte Orville vor kurzem gründlich untersucht. Er hatte die unterschiedlichsten Beschwerden: ein Magengeschwür, zu hoher Blutdruck und Arthrose ... Aber sein EKG war normal gewesen.

Rasch zog sie einen Block heran und machte sich Notizen.

»Beruhigen Sie sich, Ruthie. Sagen Sie mir alles, was Sie wissen. Wo sind Sie?«

»Im Hotel Palacio.«

»Haben Sie den Hotelarzt angerufen?«

»Er ist nicht da. Niemand scheint zu wissen, wo er ist. Niemand tut hier etwas«, schluchzte sie.

»Welche Symptome hat Orville?«

»Heute nachmittag fühlte er sich nicht wohl. Ich dachte, es sei nur eine Magenverstimmung, und gab ihm eine Tablette. Er meinte, es sei bestimmt nichts Ernstes, vielleicht hätte der Papayasaft vom Mittagessen sein Magengeschwür gereizt.«

»Hat er Schmerzen in der Brust?«

»Ein bißchen.«

»In seinem linken Arm?«

»Davon hat er nichts gesagt.«

»Hat er sich übergeben, Ruthie?«

»Ja.«

»Wie oft?«

»Einmal. Und seine Haut ist ganz grau und feucht. Was sollen wir nur tun?«

»Ich werde sehen, ob ich jemanden finde, der nach ihm sehen kann«, sagte Claire, obwohl ihr klar war, daß das nicht einfach sein würde. »Sorgen Sie dafür, daß er ruhig liegenbleibt, und geben Sie ihm nichts zu essen, bis Sie von mir hören. Innerhalb einer Stunde rufe ich wieder an.«

Eine Stunde. Das war eine Ewigkeit für jemanden mit einem Herzanfall. Orville hätte nach den ersten Symptomen sofort in ein Krankenhaus gebracht werden müssen. Wie konnte er mit seinen gesundheitlichen Problemen nach Cancún fliegen, ohne sich vorher über die medizinische Versorgung dort zu informieren?

Claire gab es auf, durch die Vermittlung im Hotel

einen Arzt erreichen zu wollen. Der Nachtportier, der als einziger Dienst zu tun schien, sprach nicht einmal Englisch.

Ihre Anrufe im Krankenhaus von Cancún waren genauso frustrierend. Niemand schien zu begreifen, daß Orville eine Notaufnahme brauchte, und zwar schnell.

Sie rief jeden Mediziner an, den sie in den texanischen Grenzgebieten kannte, aber keiner konnte ihr einen Arzt in unmittelbarer Umgebung von Cancún nennen. Sie versuchte es auch bei verschiedenen Reisegesellschaften in Lubbock, aber niemand meldete sich dort.

Das Beste war vermutlich, selbst nach Mexiko zu fliegen. Rasch packte sie eine kleine Reisetasche und dachte mit Schrecken an die anderthalbstündige Fahrt bis Lubbock. Und Gott allein wußte, wann dort ein Flug nach Cancún ging ...

Wenn Orville keinen Sauerstoff und etwas für die Schmerzen in der Brust bekam, würde sein Herz noch weiteren Schaden erleiden. Im schlimmsten Fall konnte er sogar sterben. Und das wünschte sie weder ihm noch seiner Frau, ganz gleich, wie unsympathisch er ihr war.

Nachdem sie Ruthie benachrichtigt hatte, daß sie auf dem Weg zu ihnen war, rief sie den freundlichen Kinderarzt aus Amarillo an, der sich um ihre Position beworben hatte. Er schien entzückt, für ein paar Tage ihre Vertretung zu übernehmen.

Sie wollte gerade gehen, als das Telefon von neuem klingelte. Nach kurzem Zögern nahm sie ab. »Dr. Linwood. Bitte machen Sie schnell, ich habe einen Notfall.«

»Doc? Hier spricht Dugan. Was ist los?«

»Orville. Ruthie hat aus Cancún angerufen. Ich fürchte, er hatte einen Herzanfall.«

»O Gott, was wirst du tun?«

»Sie finden keinen Arzt. Ich habe es selbst versucht, aber es war sinnlos. Ich fahre jetzt nach Lubbock und fliege hin.«

»Das würdest du tun für Orville? Trotz allem?«

»Ich bin Ärztin. Er ist mein Patient und braucht mich.«

»Mir scheint, wir haben den richtigen Doktor eingestellt«, sagte Dugan mit Bewunderung in der Stimme. »Fahr nicht nach Lubbock. Ich kann dich zehnmal schneller nach Cancún fliegen als die kommerziellen Fluggesellschaften.«

»Es ist ein langer Flug, Dugan.«

»Ich habe schon längere hinter mir. Sobald du hier bei mir bist, können wir starten.«

»Ich kann dir gar nicht sagen, wie froh ich bin.«

»Ich werde deine Tante anrufen und sie bitten, mitzufliegen. Falls wir Orville zurückbringen, könnte sie uns nützlich sein.«

»Weißt du was – wenn du jetzt hier wärst, würde ich dich so stürmisch küssen, daß dir die Zähne ausfielen!«

Kurz bevor die Sonne die dunkle karibische See in glitzerndes Türkis verwandelte, landeten Dugan, Lila und Claire auf dem Flughafen von Cancún. Da die Gruppe nicht unter dem wachsamen Auge einer kommerziellen Airline geflogen war, durchsuchten die Zollbeamten gründlich jede einzelne Tasche. Sie interessierten sich vor allem für den Koffer mit Claires Medikamenten und dem Kasten, in dem sich das tragbare EKG befand.

Nachdem das überstanden war, hatten sie das Glück, einen Taxifahrer zu finden, der in seinem Wagen schlief. Zwanzigtausend Pesos und zwanzig Minuten später hielten sie vor dem luxuriösen Hotel Palacio, das am fernen Ende der Uferpromenade lag.

Im fünfzehnten Stock des Hotels wurden sie über einen langen Korridor zu zwei miteinander verbundenen Suiten geführt.

Claire schaute auf die Uhr. Vier Stunden waren vergangen, seit Dugan seine Maschine gestartet hatte. Sie hoffte, daß es noch nicht zu spät war. Ruthie kam in einem rot und gelb geblümten Morgenmantel an die Tür. »Gott sei Dank!« rief sie erleichtert aus und ergriff Claires Hand, um sie hineinzuziehen.

Durch eine rosa Marmorhalle folgte Claire Orvilles Frau zu einer steilen Wendeltreppe, die in den zweiten Stock der Suite führte. Hier lag Orville in einem riesigen Doppelbett und hob schwach die Hand, als er Claire erblickte.

Während Lila seine Kissen aufklopfte, ging Claire ins Bad, um ihre Hände zu waschen. »Irgendeine Veränderung, seit wir telefoniert haben?« fragte sie Ruthie.

»Nein, er fühlt sich unverändert schlecht.«

»Hat er geschlafen?«

»Etwa eine Stunde.«

»Dugan«, bat Claire, »könntest du mit Ruthie hinuntergehen, damit sie etwas ißt, während ich Orville untersuche? Tante Lila wird hier bei mir bleiben.«

»Klar, Doc.« Er zwinkerte Claire zu und bot Ruthie seinen Arm. »Und wenn du Glück hast, bringen wir dir ein leckeres Stück Kuchen zum Frühstück mit.«

Ruthie gab Orville einen Kuß. »Ich bin gleich wieder da, Liebling.«

»Nimm dir Zeit, Liebes«, sagte Orville, aber Claire glaubte ihm nicht so recht, da er die Hand seiner Frau nur sehr widerwillig freigab.

Kaum war die Tür hinter Dugan und Ruthie zugefallen, erklang Orvilles heisere Stimme. »Ich habe Ruthie gesagt, daß ich nicht glauben würde, daß Sie kämen.«

»Warum hätte ich es nicht tun sollen?« erwiderte Claire, während sie seine Brust abhorchte.

»Zum einen, weil es ein verdammt weiter Hausbesuch ist.«

»Wenn ich einen Hausbesuch machen müßte, könnte ich mir keinen schöneren Ort vorstellen. Aber seien Sie jetzt still. Ich möchte Sie atmen hören, Orville.«

»Ich nehme an, Sie wissen, daß ich gegen Sie gestimmt habe.«

»Nein, das wußte ich nicht«, erwiderte sie und dachte, daß es sie mehr überrascht hätte, wenn er für sie gestimmt hätte. »Aber das tut jetzt nichts zur Sache. Ich bin Ihr Arzt, und ich bin hier. Ich werde Ihnen etwas gegen die Schmerzen geben. Und dann bekommen Sie Sauerstoff.«

»Und da war auch noch die Sache mit Ihrem Daddy«, beharrte Orville.

»Ich weiß nicht, was Sie meinen.«

»Machen Sie mir nichts vor, Doc. Es hat eine Menge böses Blut zwischen uns gegeben, seit Ihr Daddy meinen John ... seit John in Physik durchfiel.«

Claire hätte sehr dumm sein müssen, um die Veränderung in der Betonung – in der Schuldzuweisung, um genauer zu sein – zu überhören. »Lassen Sie die Vergangenheit ruhen, Orville«, sagte sie mit einem Lächeln. »Im Moment kümmert mich nur Ihre Gesundheit. Ist es das erste Mal, daß Sie Schwierigkeiten mit dem Herzen haben?«

»Ich habe schon seit einiger Zeit Verdauungsstörungen. Aber ich dachte, das läge an Imogenes Hackfleischbraten.« Er legte eine Hand auf seinen umfangreichen Bauch. »Bei grünen Paprikaschoten habe ich es auch.«

»Ich fürchte, wir haben es hier mit mehr zu tun als mit Paprikaschoten und Hackfleischbraten. Aber apropos Essen – ich werde Ihnen eine Diät verschreiben, damit Sie ein paar Kilo abnehmen.«

»Ruthie wird sich freuen! Sie drängt mich schon seit Jahren, abzunehmen. Jetzt bleibt mir wohl nichts anderes übrig.«

»Ich werde jetzt ein EKG machen. Unterhalten können wir uns später, Orville.«

»Doc?« sagte er leise.

»Ja?«

»Ich muß zuerst etwas loswerden.«

»Dies ist kein Beichtstuhl, Orville. Ich will Ihr Herz prüfen, nicht Ihr Gewissen.«

»Vielleicht hat das eine mit dem anderen zu tun.«

»Ach wirklich?«

»Ja. Vielleicht muß ich jetzt für meine Fehler bezahlen.«

Claire setzte sich aufs Bett und wartete. Es war nicht das erste Mal, daß ein Patient befürchtete, vor das himmlische Gericht zu treten, und sein Gewissen erleichtern wollte. Kostbare Minuten verstrichen. Aber Orville zu drängen, hätte seine Beklommenheit nur verstärkt.

»Ich wünschte, Ihr Daddy lebte noch.«

»Was würden Sie denn tun, wenn er noch lebte?«

»Sie beide um Verzeihung bitten.«

»Ach, das«, entgegnete sie. »Das ist lange her.«

»Es war so leicht, jemand anderem die Schuld an Johns Versagen zu geben. Ich war furchtbar wütend, als John das Stipendium verlor, und gab Ihrem Vater die Schuld daran, weil John in Physik durchgefallen war.«

»Daddy hat ihm nur die Note gegeben, die er verdiente«, verteidigte Claire ihren Vater.

»Ich wünschte, ich hätte das damals auch erkannt. Statt dessen ließ ich mich von meinem Ärger blenden.« Er umklammerte das gestärkte weiße Laken. »Wenn ich Ihnen und Dugan damals das Geld gegeben hätte, um das Sie baten ...«

»Hätten wir es Ihnen vielleicht nicht zurückzahlen können«, sagte sie, weil der reumütige Mann ihr leid tat.

»Nein, lassen Sie mich ausreden, Claire. Wenn ich Ihnen damals das Geld gegeben hätte –« Orvilles Stimme brach – »wäre das Baby vielleicht nicht gestorben, und Sie hätten Dugan womöglich nicht verlassen. Vielleicht wäre er dann nicht ein solch mürrischer Einsiedler geworden und nicht so unglücklich gewesen.«

Es war nicht, als wüßte Claire Orvilles Entschuldigung

nach so vielen Jahren nicht zu schätzen, aber sie wollte einfach nicht über ihre verlorene Tochter reden. Jedesmal, wenn Angelas Name fiel, brach eine noch nicht verheilte Wunde in Claire auf.

Und sie wollte auch nichts von Dugans Leiden wissen. Wenn die Leute in Sierra wüßten, was der *arme* Dugan getan hatte, um diese Leiden herbeizuführen!

»Ich bin noch nicht so alt, daß ich nicht sehen könnte, daß Sie Dugan noch immer lieben«, fuhr Orville fort. »Wenn Sie uns alleinlassen, wenn er mit Ruthie zurückkommt, lege ich ein gutes Wort für Sie bei ihm ein.«

»Das ist nicht nötig, Orville«, entgegnete Claire steif. »Was zwischen uns vorgefallen ist, ist lange her. Er hat heute sein Leben, und ich habe meins. Und jetzt entspannen Sie sich bitte und lassen Lila und mich unsere Arbeit tun.«

Dugan saß auf der Wohnzimmercouch und hielt tröstend Ruthies Hand, als Claire ihr erklärte, daß ihr Mann einen leichten Herzanfall erlitten hatte.

»Ein Herzanfall«, wimmerte Ruthie. »O Gott, was tun wir jetzt?« fragte sie und schaute zuerst Dugan an, dann Claire.

»Orvilles Zustand muß sich erst ein wenig stabilisieren. Ich habe ihm schon ein Schmerzmittel gegeben, und im Augenblick erhält er Sauerstoff und hängt am Tropf.«

»Wann darf er aufstehen?«

»Vielleicht heute abend. Danach muß er Bewegung haben. Er soll viel gehen. Lila hat einen Koffer voller Essen mitgebracht, das leichter und verdaulicher ist als das, was er hier bekommt. Sie hat auch mehrere Karaffen Wasser mitgebracht. Ich will nicht, daß Orville etwas anderes trinkt. In vier Tagen müßten wir ihn nach Lubbock zurückfliegen können, wo er einen Herzspezialisten konsultieren wird.«

Ruthies Augen wurden groß. »Zurückfliegen? Aber wäre das nicht zu anstrengend für sein Herz?«

»Der Luftdruck in der Maschine ist normal. Ich habe schon andere Herzpatienten geflogen«, versicherte ihr Dugan.

»Lila und ich werden Ihren Mann abwechselnd beaufsichtigen. Er trägt einen Apparat um den Hals, der wie ein kleines Transistorradio aussieht. Das ist ein Übertragungsgerät, das uns seine Herzfrequenz verrät.«

»Darf ich ihn jetzt sehen?«

»Sicher. Gehen Sie nur, Ruthie«, erlaubte Claire ihr lächelnd.

Ruthie entschuldigte sich und ließ Claire allein mit Dugan, was eine Situation schuf, die sie zu vermeiden gehofft hatte.

»Gute Arbeit«, sagte Dugan und griff nach ihrer Hand, aber sie sprang auf und ging zur Terrassentür hinüber.

Selbst zu dieser frühen Stunde schon herrschte reges Treiben an dem L-förmigen Pool. Claire öffnete die Tür und trat auf den Balkon hinaus, um die frische Meeresluft einzuatmen.

»Wir haben ein Problem«, sagte Dugan hinter ihr.

Mit angehaltenem Atem wandte Claire sich um und sah, daß er an der Balkonwand lehnte. Er wirkte seltsam fehl am Platze in seinen Cowboystiefeln und den abgetragenen Jeans. Ein leichter Schweißfilm stand auf seiner Stirn, und er hatte die Ärmel über seinen muskulösen Armen aufgerollt.

»Was ist das Problem?«

»Es ist nur eine Suite frei. Aber sie hat zwei Schlafzimmer.«

»Was ist also das Problem?«

»Daß ich sie mir nicht leisten kann.«

Claire lachte. »Klar.«

»Nein, im Ernst. Bei unserem überstürzten Aufbruch habe ich nicht viel Geld eingesteckt, und das meiste davon habe ich den Zollbeamten gegeben, damit sie uns schneller durchließen. Ich muß meiner Bank telegrafieren, bevor wir die Suite nehmen.«

»Nicht nötig.« Claire ging ins Wohnzimmer und nahm eine Kreditkarte aus ihrer Brieftasche. »Hier«, sagte sie. »Nimm sie.«

»Kommt nicht in Frage«, sagte er und schob stur das Kinn vor.

»Sei kein Chauvinist.«

»Ich bin kein Chauvinist, ich will bloß nicht, daß du die Suite bezahlst. Sie kostet dreihundertfünfzig Dollar pro Nacht, und wir werden einige Tage hier sein.«

»Wenn wir Glück haben«, sagte Claire mit einem sehnsüchtigen Blick auf den weißen Sandstrand hinter dem Hotel. »Ich bin sicher, daß Orville uns die Kosten erstatten wird.«

»Ich werde trotzdem meine Bank anrufen.«

»Gib her«, sagte sie ungeduldig und nahm ihm die Kreditkarte wieder ab. »Ich gehe hinunter, um einzuchecken, bevor sie die Suite jemand anderem geben. Würdest du bitte so nett sein und Lila fragen, ob sie Hilfe braucht?«

An der Tür zum Korridor drehte sie sich noch einmal um und sah, daß er ihr finster nachstarrte.

»Ich *werde* mir Geld schicken lassen, Doc. Und wenn wir abreisen, zahlen wir mit Bargeld und nicht mit deiner Karte.«

7

Claire bezog ein perverses Vergnügen daraus, die Suite auf ihren Namen zu mieten, selbst wenn Dugan vorhatte, die Rechnung zu begleichen.

Er schmollte, als sie im oberen Schlafzimmer der Suite ihre Sachen auspackte. Viel hatte sie in der Eile jedoch nicht mitgebracht, vor allem keinen Badeanzug, und wie sie Dugan kannte, hatte er nur das Nötigste eingepackt. »Komm«, forderte sie ihn auf. »Laß uns hinuntergehen und etwas zum Anziehen kaufen.«

»Ich brauche nichts zum Anziehen.«

»Hast du eine Badehose mitgebracht?«

»Nein. Ich habe keinen Bedarf dafür. Wenn ich im Teich bade, trage ich nur nackte Haut.« Er warf ihr einen vielsagenden Blick zu. »Aber daran wirst du dich bestimmt nicht mehr erinnern.«

Und ob sie sich erinnerte! Das erste Mal, als sie nackt zusammen geschwommen waren, war sie feuerrot geworden, als er sich auf den Rücken gedreht hatte. »Du brauchst eine Badehose«, beharrte sie.

»Und?«

»Und etwas Hübsches, das du tragen kannst, wenn wir zum Essen ausgehen.« Sie zog ein kurzes schwarzes Cocktailkleid aus einer Einkaufstüte und hängte es auf einen Bügel. »Das habe ich unten in der Boutique gekauft. Gefällt es dir?«

Er warf einen flüchtigen Blick darauf. »Ganz nett, aber ich bezweifle, daß du Gelegenheit bekommen wirst, es anzuziehen. Wir sind hier nicht in Urlaub, Claire. Wir sind hier, um uns um Orville zu kümmern.«

»Und das werden wir. Lila und ich haben es bereits besprochen. Wir werden uns mit Orvilles Pflege abwechseln, damit wir auch etwas von der Umgebung zu sehen bekommen. Ich habe meinen Beeper mitgebracht, so daß ich ständig erreichbar bin.«

Claire schüttelte den Bügel mit dem Kleid und lächelte. »Aber wenn du nicht mitkommen willst, finde ich ganz sicher jemanden, der mich liebend gern begleiten würde ...«

»Den Teufel wirst du tun!«

Dugan nahm Claire den Bügel aus der Hand und betrachtete das Kleid. Es war kurz, eng und sehr tief ausgeschnitten.

»Willst du das wirklich tragen?« fragte er mit einem ärgerlichen Stirnrunzeln.

»Sonst hätte ich es ja nicht gekauft, nicht wahr?«

»Wenn du *das* anziehst, begleite ich dich.«

»Na also«, entgegnete sie zufrieden. »Dann laß uns einkaufen gehen. Eine Dame am Flughafen sagte mir, daß kein vernünftiges Restaurant einen Mann in Jeans oder Shorts hereinläßt.«

»Dann sollten wir vielleicht in den nicht-vernünftigen essen«, knurrte Dugan.

»Wie du willst«, sagte sie und drehte sich um.

»Ich nehme an, du willst das alles mit deiner Kreditkarte bezahlen?«

»Selbstverständlich. Nun hab' dich doch nicht so, Dugan. Wir sind in Cancún, in Mexiko, und ich zumindest werde mir nicht von einer Lappalie wie Bargeldmangel den Aufenthalt verderben lassen. Wer weiß, ob wir je wieder hierherkommen! Was sagst du? Kommst du mit, oder willst du den ganzen Tag hier herumsitzen und schmollen?«

Während ihres Einkaufsbummels stand Dugan Höllenqualen aus. Zwei junge Frauen mit runden, indianischen Gesichtern und belustigten Augen halfen Claire, ihm Unmengen von Hemden vorzuhalten, von denen die meisten häßlich genug waren, um sie als Putzlappen zu benutzen.

Er weigerte sich, das Hawaiihemd mit den schreiend bunten Papageien anzuziehen, aber ein paar weiße Baumwollhosen, wie sie die Einheimischen hier trugen, akzeptierte er. Claire konnte ihn auch zu einem kurzärmeligen weißen Hemd überreden. Wenn er wieder in

Sierra war, würde er die alberne Stickerei am Saum ganz einfach abschneiden.

Das, ein paar Shorts, zwei T-Shirts und eine schwarze Badehose machten zweihundert Dollar aus – zweihundert! Soviel hatte er seit drei Jahren nicht mehr für Kleider ausgegeben. Was er brauchte, bestellte er aus einem Katalog, und das waren meist nur Jeans und Arbeitshemden.

Claires Einkäufe beliefen sich auf das Doppelte, waren dafür aber auch sehr viel hübscher. Sie zögerte ein wenig bei den silbernen, mit Türkisen besetzten Armreifen, zuckte dann die Schultern und kaufte gleich zwei – einen für sich selbst und einen für ihre Tante.

Natürlich rechnete sie dies alles über ihre Karte ab.

Dugans Ansicht nach sollte eine Kreditkarte nur absoluten Notfällen vorbehalten sein, wenn keine Möglichkeit bestand, an Bargeld heranzukommen. Aber ganz bestimmt nicht für Schmuck und Kleider, die nichts anderem als dem Vergnügen dienten und einem eine dicke Rechnung einbrachten.

Aber wenn er die Lage richtig einschätzte, hatte das reizende, bescheidene Mädchen, das er geheiratet hatte, genau das im Sinn – Vergnügen – und von der Art, die einen Haufen Geld erforderte.

Dugan brachte keinen Bissen mehr herunter, als sie zum Lunch gingen.

Claires freie Zeit lief aus, bevor ihr Kreditlimit erreicht war. Um vier Uhr begleitete Dugan sie zu der Suite der Garrisons, wo sie acht Stunden bei Orville bleiben würde.

Das hieß, daß Dugan frei war. Da ihm nichts Besseres einfiel, nahm er den Bus in die Stadt, für lächerliche fünfzig Cent. Drei Minuten vom Hotel entfernt sah er ein Reklameschild für gute alte amerikanische Pizza und stieg aus. Er kaufte zwei große mit Pepperoni und doppelt Käse für das Abendessen, was ihn um weniger als einen Zwanziger erleichterte. Ihr würziges Aroma erfüllte den Bus, als er mit einem stolzen, hungrigen Grinsen zum Hotel zurückfuhr.

In Orvilles und Ruthies Wohnzimmer fand er eine Flasche Rotwein und zwei Gläser in der Bar.

»Möchtest du ein Glas?« fragte er Claire.

»Gern, aber höchstens eins. Ich möchte nicht einnicken bei der Nachtwache.«

Dugan schenkte den Wein ein, reichte Claire ein Glas und sah, daß sie sich umgezogen hatte und ein pinkfarbenes Kleid trug, das ihre Schultern freiließ. Als er gegangen war, hatte sie noch einen Pferdeschwanz getragen. Jetzt bauschte ihr Haar sich um ihren Kopf wie eine blonde Wolke.

Sie war eine schöne Frau, und Gott wußte, daß sie das Allerbeste verdiente. Sein ganzes Leben hatte er sich geschworen – falls er je wieder eine Chance bei ihr bekam – mit ihr an irgendeinen schönen, exotischen Ort zu fahren ... wie nach Cancún zum Beispiel.

Und da waren sie nun, wenn auch unter nicht sehr günstigen Umständen, und er benahm sich wie ein Geizkragen. Er würde sich nicht mehr über ihre Ausgaben aufregen. Zumindest nicht, bis das Geld da war, das er sich hatte überweisen lassen.

Hoffentlich kommt es bald, dachte er stirnrunzelnd, denn er hatte einen ganz besonderen Abend für sie geplant, bevor sie heimkehrten – nach Sierra und zu den Erinnerungen, die seinen Bemühungen, Claire zurückzugewinnen, immer wieder in die Quere kamen. Die Nacht, die er für sie plante, würde ihn ein dickes Bündel Pesos kosten, aber er würde verdammt sein, wenn er zuließ, daß Claire jedesmal, wenn sie irgendwohin gingen, ihr Plastik zückte.

»Dugan?« fragte sie.

»Ja?«

»Worauf trinken wir?«

»Hm. Laß sehen.« Er stieß mit ihr an und dachte einen Moment nach. Was konnte er sagen, wovor sie nicht zurückscheuen würde wie ein erschrockenes Kaninchen? »Auf ... dich.«

Er hob das Glas und schaute in blaue Augen, deren Schönheit dem Ozean ebenbürtig war. Ein schweres Parfum stieg von ihrer Haut auf und ließ seine Sinne schwindeln. »Auf eine wunderbare Ärztin.« Seine Stimme wurde rauh, als er zu dem wirklichen Anlaß für seinen Toast kam. »Auf eine wundervolle Frau.«

Noch lange, nachdem die Sonne untergegangen war, zog der Pool Gäste an, denen es widerstrebte, den Tag schon zu beenden.

Nachdem Claire noch einmal nach Orville gesehen hatte, kehrte sie ins Wohnzimmer zurück, wo sie Dugan auf der Couch antraf. Er trug seine neuen gelben Shorts und das T-Shirt, auf dem das Hotel vor dem karibischen Ozean abgebildet war.

Claire hatte schon fast vergessen, was für großartige Beine er hatte – muskulöse Oberschenkel und feste Waden. Die Narben von dem Unfall waren kaum noch zu erkennen. Das T-Shirt straffte sich um seinen durchtrainierten Oberkörper und die breiten Schultern, in die sie einst ihre Fingernägel gekrallt hatte, wenn sie in Dugans Armen den Gipfel der Lust erklomm.

»Wie geht es Orville?« fragte er.

»Er schläft.«

»Und Ruthie?«

»Schläft auf einem Sessel neben ihm.«

»Komm her und setz dich«, forderte er sie auf. »Du hast eine Pause verdient.«

»Ich ...«

»Ich beiße nicht, Claire.«

»Beißen ist nicht das, was mich beunruhigt.«

»Nein? Dann sollte ich dir vielleicht lieber etwas zu dem Kleid sagen, das du trägst. Und zu diesen nackten Schultern.« Er räusperte sich. »Sie bringen mich auf Ideen, die Dracula mit Stolz erfüllen würden.«

Um nicht an Dugans Lippen auf ihrer Haut zu denken, strich Claire den weiten Rock glatt. »Lila hat das Kleid auf einem Markt in der Stadt für mich gekauft.«

»Was hältst du davon, wenn wir morgen nachmittag nach der Siestazeit in den Bus steigen und hinfahren würden?«

»Zum Einkaufen?«

»Klar.«

»Ich dachte, du gehst nicht gern einkaufen.«

»Ich möchte, daß du eine schöne Zeit hast. Wenn das Einkaufen bedeutet, gehe ich mit. Aber morgen bezahle ich.«

»Ist dein Geld schon angekommen?«

»Ja. In Pesos natürlich. Ich werde einen Koffer brauchen, um all die Scheine mit herumzuschleppen.«

»Wer hätte gedacht, daß wir beide ... ich meine, du und ich ...«

»Daß zwei arme Schlucker wie wir einmal mit einem Koffer voller Geld in einem Luxushotel sitzen würden?«

»Das Geld macht mich nicht glücklicher. Es macht Spaß, es auszugeben, aber es kann ... andere Dinge nicht ersetzen.«

»Wie was zum Beispiel?«

»Eine Familie. Ein Heim. Kinder.«

Dugan nahm ihre Hand und zog sie auf sein Knie. Ihr Arm streifte die warme Haut an seinem Schenkel. So, wie sie jetzt saßen, Schulter an Schulter, Hand in Hand, war es fast, als ob er nie beendet hätte, wovon sie einst geglaubt hatte, daß es ewig währen würde.

Und – Gott helfe ihr – noch immer kamen Gedanken

an Kinder und Familie in ihr auf, wenn sie bei Dugan war. Sie erinnerte sich, wie glücklich sie über ihre Schwangerschaft gewesen waren; monatelang hatten sie sich Namen für das Baby ausgedacht und von Geschwistern gesprochen, die ihm Gesellschaft leisten sollten. Claires Blick trübte sich bei der Erinnerung daran.

»Woran denkst du?« fragte er.

»Das willst du gar nicht wissen.«

Er stieß sie mit der Schulter an, und unbewußt beugte sie den Kopf, bis er seinen berührte. Dies war eine weitere, instinktive Geste aus der Vergangenheit. Dugans Hand glitt über ihren nackten Rücken und unter ihr Haar.

Sie wußte, sie durfte es nicht zulassen, aber sie sehnte sich nach einer Berührung und der prickelnden Erregung, die sie in ihr hervorrief. Und sie war es leid, gegen etwas anzukämpfen, was einst so wundervoll gewesen war.

»Es ist schön mit uns, Claire.« Dugans Lippen strichen über ihre Wange. »Könnten wir nicht einfach an die guten Zeiten denken und uns bemühen, sie wiederauferstehen zu lassen?«

»Hier?«

»Und zu Hause.«

»Zu Hause. Du meinst bei dir?«

»Einen besseren Ort kann ich mir nicht vorstellen«, sagte er, und seine Augen leuchteten vor Gefühl.

»Wann immer ich auf der Farm war, schmerzte es hier« – sie legte eine Hand auf den Ausschnitt ihres Kleides – so sehr, daß ich wieder gehen mußte.«

»Ich habe gar nicht gemerkt, daß du so oft draußen auf der Farm warst.«

»Ich war einige Male dort. Und jedesmal, wenn ich den wogenden Weizen auf den Feldern sah, mußte ich an den Tag denken, an dem ich Angela verlor.«

»Ich habe sie auch verloren, Claire. Mit ihr starb auch

etwas von mir. Aber bitte, laß diese Erinnerungen nicht den heutigen Abend ruinieren.«

»Was schlägst du vor?« fragte sie und erhob den Blick zu ihm.

Dugan grinste. »Das.«

Bevor sie reagieren konnte, schloß er die Hände um ihr Gesicht, und sein Mund nahm Besitz von ihrem. Jahre mochten vergangen sein, aber ihre Körper hatten nichts vergessen. Claire und Dugan verschmolzen zu einem tiefen, leidenschaftlichen Kuß.

Hätte Claire einen Augenblick im Leben für immer bewahren können, wäre es dieser Kuß gewesen. Keine Forderungen, keine Erwartungen belasteten die rückhaltlose Offenheit ihres Verlangens, den Hunger, den weder sie noch Dugan zu verbergen suchten. Keiner sprach von Schmerz und Trennungen. Schmerzhaft war nur, daß der Kuß irgendwann vorbei war und sie wieder in die Realität des Zimmers und ihrer Erinnerungen zurückkehrten.

Dugan legte seine Stirn an ihre. »Ich weiß nicht, ob ich reden kann.«

»Ich glaube, du hast gerade deutlich genug gesprochen.«

»Ich möchte es aber auch in Worten ausdrücken.«

»Fast wäre es mir lieber, wenn du es nicht tun würdest.«

»Ich gebe nicht auf«, sagte er und rieb seine Nasenspitze an ihrer. »Ich möchte mehr als Küsse, mehr als deine Lippen, Claire. Ich will alles von dir – und nicht nur für eine flüchtige Affäre in der Karibik.«

Was ihr eben noch so natürlich erschienen war, erschreckte sie nun zu Tode. »Ich will nicht gebunden sein, Dugan. Ich will nicht, daß du Entscheidungen für mich triffst und glaubst, du könntest . . .«

»Pssst«, sagte er. »Ich glaube, ich höre Orville.«

Claires Nachtwache endete um Mitternacht, als Lila in Nachthemd und Morgenrock zu ihrer Schicht erschien.

»Ihr seid für heute nacht erlöst«, sagte sie gähnend. »Und es ist noch früh genug, um etwas zu unternehmen. Ihr könntet in eine Disco oder am Strand spazieren gehen . . .«

»Ich bin todmüde«, sagte Claire. »Ich glaube, ich gehe lieber schlafen.«

Dugan schmunzelte verstohlen. Schlafen. Das bedeutete, daß sie in ihre gemeinsame Suite zurückkehren würden. Wo sie acht Stunden lang allein sein würden.

Hm.

»Schläfst du?«

Dugans Stimme hallte durch den großen Raum, und Claire verkroch sich unter der Decke des großen Doppelbetts im ersten Stock.

Sie war froh gewesen, daß Dugan darauf bestanden hatte, den beiden Frauen die Schlafzimmer zu überlassen und selbst unten auf der Couch zu schlafen. Lila hatte sich für das kleinere Zimmer neben dem Wohnzimmer entschieden, um keine Treppen steigen zu müssen, weshalb Claire das riesige Bett im oberen Schlafzimmer ganz für sich allein hatte.

Zwei Stunden lang hatte sie wachgelegen und geglaubt, Dugan unten herumhantieren zu hören. Sie hatte sich seine Schritte auf der Treppe gewünscht, aber sie auch gefürchtet. Und jetzt, wo er tatsächlich im Schlafzimmer war, erfaßte sie eine seltsame Beklemmung, die ihr die Brust zuschnürte und das Atmen fast unmöglich machte.

In der Hoffnung, ein wenig Licht werde die Spannung erträglicher machen, schaltete sie die Nachttischlampe ein. Als sie sich umschaute, stockte ihr der Atem. Dugan stand in der Tür, bekleidet nur mit einem Lächeln und der schwarzen Badehose, die auf seinen schmalen Hüften noch viel knapper wirkte als in der Hotelboutique.

Claire zog das Laken über ihre Brüste und bemühte sich, eine gleichgültige Miene aufzusetzen. Schließlich stand er bloß in der Tür, und er war auch nicht richtig ... nackt.

Ihr Blick glitt über seinen flachen Bauch und das feine schwarze Haar, das in ... Wow! Der Gedanke, ihm das einzige Kleidungsstück abzustreifen, das er trug, löste Gefühle in ihr aus, die sie längst vergessen glaubte.

»Ich bin wach«, antwortete sie mit ungewohnt heiserer Stimme.

»Möchtest du schwimmen gehen?«

Sie schaute auf die Uhr. »Um drei Uhr morgens?«

»Warum nicht? Ich kann nicht schlafen.«

»Na schön, dann laß mich meinen Badeanzug anziehen.«

»Du kannst gehen, wie du bist, Claire. Ich glaube nicht, daß jemand sich beschweren würde – und ich schon gar nicht.«

Sie schleuderte ein Kissen durch den Raum, was sie jedoch sofort bereute, denn Dugan fing es auf, und selbst im schwachen Licht konnte sie den ausgelassenen Blick in seinen dunklen, ausdrucksvollen Augen sehen.

»Du willst spielen, was? Wie in alten Zeiten?«

»Nein, Dugan, ich wollte nicht ...« Ihr blieb kaum Zeit, sich zu ducken. Das Kissen segelte durch den Raum und prallte an die Wand.

Die Tatsache, daß sie nur ein kurzes T-Shirt über roten Höschen trug, kümmerte sie nicht. Die Schlacht hatte begonnen, und nichts würde sie daran hindern, zu gewinnen. Während Dugan ein Badetuch aus dem Schrank nahm, schnappte sie sich das andere Kissen und rollte sich vom Bett, um sich auf der anderen Seite in seinem Schatten zu verbergen.

»Claire? Claire?« Sie hörte seine nackten Füße auf dem

Marmorboden. Er kam näher. »Sei kein Feigling. Ich weiß, daß du hier bist. Ich werde dich finden.« Er drehte das Badetuch zu einem dicken Tau, das er drohend durch die Luft schwang.

Von ihrem Versteck aus riß Claire es ihm ganz unvermutet aus der Hand. Dann ließ sie es auf seinen Po knallen. »Feigling, hm? Wie schnell du doch vergißt!«

»Du hinterhältiges Biest!« Er warf sich über das Bett und erwischte den Saum ihres T-Shirts. »Ich habe dich!«

Früher, in den alten Zeiten, wäre sie jetzt aus dem Hemd geschlüpft und hätte eine wilde Jagd durch den Raum begonnen.

Aber es waren nicht die alten Zeiten.

Blitzschnell ergriff sie das Kissen neben sich, schlug es Dugan ins Gesicht und krabbelte über das breite Bett.

Dugan lachte, und plötzlich war ihm, als hätte es die zwölfjährige Trennung nie gegeben. Sie war wieder Claire, seine junge Braut, und er ihr ach-so-williger Bräutigam ...

»Noch immer der gleiche Wildfang, was? Na warte, ich werde es dir zeigen!« Dugan ging in die Knie, packte sie an den Füßen und zog sie über das Bett zurück. Sie spürte, daß ihr T-Shirt hochrutschte und schnappte nach Luft, als er sie auf den Rücken drehte.

Dugan hielt mitten in der Bewegung inne. Claire hörte nichts mehr als sein schweres Atmen, sah nichts mehr als das Begehren in seinen dunklen Augen. »Ah, Claire, du bist sogar noch schöner als früher!«

Die Klimaanlage sprang an, kühlte ihre erhitzte Haut und brachte ein wenig Klarheit in ihre Gedanken zurück. Sie konnten die Zeit nicht zurückdrehen, konnten nicht wiederauferstehen lassen, was verloren war. Was hatte sie sich bloß dabei gedacht, ein so gefährliches Spiel mit Dugan zu beginnen?

Kopfschüttelnd wollte sie das T-Shirt über ihre Brüste ziehen, aber Dugan hinderte sie daran.

»Nicht. Bitte. Laß mich dich ansehen.« Ein Muskel an seinem Kinn zucke. »Laß mich dich berühren.«

»Dugan, bitte ...«

Er zögerte, dann murmelte er: »Ist das ein Nein ... oder ein Ja? Denn wenn du nein sagst, höre ich sofort auf.«

Ihre Logik sagte nein, ihr Körper schrie *Ja, das ist es, was du wolltest.* Wie schon zuvor erkannte Dugan ihre Sehnsucht an ihrem Blick und ihrer Haltung. Wahrscheinlich wußte er sogar, daß sie eher vom Balkon gesprungen wäre, als ihn fortzuschicken. Es hatte so viele einsame Nächte gegeben, in denen sie von Momenten wie diesem hier geträumt hatte. Nächte, in denen sie keine Ruhe gefunden hatte vor Verlangen und Sehnsucht – nach einem einzigen Mann. Nur einem Mann. Dugan.

Doch dieser Mann, den sie so verzweifelt begehrte, gab nun ihre Hand frei.

Die Vernunft hatte also offenbar gesiegt, und er gab auf. Wahrscheinlich war es sogar das beste so. Aber warum tat es dann so weh?

Dugan wandte sich ab, um aufzustehen, hielt jedoch noch einmal inne und schaute sich nach ihr um. Ein Hoffnungsschimmer erwachte in Claire. Dugan lächelte und zuckte die Schultern.

Um nicht mit anzusehen, wie er ging, schloß sie die Augen und unterdrückte das Schluchzen, das in ihrer Kehle aufstieg. Sie hielt noch immer den Atem an, als sie seine warmen, feuchten Lippen auf ihrem Nabel spürte. Unwillkürlich spannte sie die Muskeln an, und ein Zittern ging durch ihren Körper, als sie seinen Kopf zwischen beide Hände nahm und stöhnte: »O Dugan ... ah ...«

»Claire, Liebling ... bitte, haß mich nicht.«

Wie konnte sie ihn hassen, wenn seine sanften Finger solch himmlische Empfindungen in ihr weckten? Wenn überall, wo er sie berührte, das Verlangen erwachte, das sie so lange verleugnet hatte? Obwohl sie versucht hatte, mit anderen Männern ins Bett zu gehen, hatte sie nie etwas dabei empfunden. Es gab nur einen Mann für sie – ihren ersten.

Dugan.

»Ich hasse dich nicht«, wisperte sie. »Ich kann dich gar nicht hassen.«

»Aber du kannst mich auch nicht lieben?« Dugan zog sie in die Arme und rollte mit ihr auf die Seite, damit sie ihn ansehen mußte.

Wie konnte sie denken, wenn das Blut in ihren Ohren rauschte? Wenn der spürbare Beweis seiner Erregung an der Innenseite ihres Schenkels pochte?

»Ich ... weiß nicht«, murmelte sie, weil sie die Vergangenheit nicht ruhen lassen konnte, ganz gleich, wie wundervoll Dugans Umarmung war.

»Ich könnte dich jetzt lieben – jetzt sofort, nicht wahr?«

»Das weißt du.«

»Ich tue es aber nicht, Claire, so gerne ich es auch täte.«

»O Dugan! Warum hast du dann damit angefangen?«

»Nicht ich, *wir* haben damit angefangen. Und eines Tages ... wenn du glaubst, daß du mich wieder lieben kannst, werden wir beenden, was wir begonnen haben. Aber es muß richtig und für immer sein, weil wir es beide sonst bereuen würden, Claire.«

Er schickte sie also wieder fort und traf Entscheidungen für sie! Verlangen verwandelte sich in Groll. Groll in Ärger, der den Wunsch in ihr erweckte, es ihm heimzuzahlen.

Das Kissen. Ja, das Kissen.

Sie löste sich aus Dugans Armen, ergriff das Kissen, das er ihr zugeworfen hatte, und hieb es gegen seine Brust. »Warum?« Noch ein Hieb. »Warum?« Ein dritter. »Warum hast du mich fortgeschickt?«

Ihr ganzer Schmerz machte sich in diesen Hieben Luft. Sie zählte nicht, wie oft sie Dugan mit dem Kissen schlug, sie wußte nur, daß der Bezug riß und das ganze Bett voller Federn war, als ihr Zorn verrauchte. Es klebten sogar Federn an Dugans Brust und an den Bartstoppeln an seinem Kinn.

Kraftlos ließ sie die Arme sinken. Zum ersten Mal seit zwölf Jahren fühlte sie sich befreit von Groll und Ärger.

Frei.

Dugan sagte nichts, schaute sie nur an, und plötzlich schämte sie sich, hob die Hände vors Gesicht und weinte.

Dugan zog sie in die Arme und strich ihr über das zerzauste Haar. Sie weinte an seiner Brust, bis sie das Salz ihrer eigenen Tränen schmeckte.

»Fühlst du dich jetzt besser?« fragte er.

Sie zog die Nase hoch und nickte. »Ich ... Es tut mir leid.«

»Psst. Es braucht dir nicht leid zu tun. Du hast getan, was du tun mußtest. Und ich schätze, ich habe es verdient.«

»Wirst du mir verzeihen?«

»Wie kannst du eine so dumme Frage stellen? Wenn du mir verzeihen kannst, was ich dir angetan habe – obwohl ich es damals für das Richtige hielt – wie könnte ich dann nicht ... ein paar Federn vergessen?«

»Habe ich dir wehgetan?«

»O ja, und wie.«

Sie hob den Kopf und grinste ihn an. »Noch immer der zähe, harte Bursche, was?«

»Hast du mich nicht deswegen geheiratet?«

»Ich habe dich geheiratet, weil du gut im Bett warst.«

»Aber Dr. Linwood – ich kann nicht glauben, daß Sie so etwas sagen!«

»Und aus einer Menge anderer guter Gründe.«

»Ach ja?«

Sie seufzte an seiner Brust. »Weil ich dich liebte, Dugan. Mehr als alles andere auf der Welt.«

Er zog sie an sich. Ihre Wortwahl war ihm nicht entgangen. »Eines Tages, Claire, wirst du das Wort wieder auf die Gegenwart anwenden können. Das verspreche ich.«

Nach einem liebevollen Gutenachtkuß verließ Dugan Claire, damit sie noch ein paar Stunden schlafen konnte, bevor sie um acht Uhr wieder ihre Schicht bei Orville begann.

Claire freute sich auf ihren letzten Tag in Cancún, als sie mit Dugan im Strandcafé des Palacio saß. Er hatte sich nicht über die neuen blauen Shorts und das Hemd beschwert, die sie ihm morgens gekauft hatte, und sah zum Anbeißen gut darin aus mit seiner sonnengebräunten Haut und seinem dunklen Haar.

»Was hältst du davon, wenn wir ein Taxi nehmen und zu den Ruinen nach Tulum fahren?« schlug sie vor.

»Ein Taxi?« sagte er und richtete den Blick auf die sanfte Brandung. »Wie lang ist die Fahrt, glaubst du?«

»Das ist das Gute an einem Taxi – damit dauert sie nur anderthalb Stunden. Der Bus braucht bestimmt viel länger. Wir können uns kurz umsehen und dann wieder zurückfahren, ohne darauf warten zu müssen, daß der Bus abfährt.«

Dugan nahm ihre Hand und strich über den silbernen, mit einem Amethyst besetzten Ring, den er ihr gekauft hatte. Er hätte alles dafür gegeben, ihr einen Diamanten für die andere Hand zu schenken. Alles, was er sich vor Jahren hatte leisten können, war ein vergoldeter Ring gewesen, der schon bald zerbrochen war. Sie hatte ihn mit Klebeband repariert und stolz getragen.

»Du würdest also lieber ein Taxi nehmen?« fragte er.

»Ja!«

»Dann kümmere ich mich darum.«

»O Dugan, danke!« Sie schlang ihm die Arme um den

Hals und drückte ihn so fest an sich, daß sein Herz einen Schlag aussetzte.

Vielleicht war es doch keine so schlechte Idee, in der Ungestörtheit eines Taxis den Dschungel zu durchqueren …

Tulum lag fünfundsiebzig Meilen südlich von Cancún, an einer schmalen Straße, die den Feldweg über Dugans Ranch wie eine Autobahn erscheinen ließ.

Arm in Arm mit Dugan stand Claire auf *el castillo*, einem pyramidenartigen Turm, der sich hundertzwanzig Meter hoch über der glitzernden karibischen See erhob.

»Mom und Dad sprachen oft davon, hierherzukommen. Sie waren begeisterte Hobby-Archäologen, obwohl ich glaube, daß sie nie über Texas hinausgekommen sind. Ich wünschte, sie hätten diesen wunderschönen Ort gesehen.«

»Warum sind sie nicht gereist?«

»Weil sie immer für die Zukunft lebten, statt für die Gegenwart. Wie du und ich, Dugan. So war es auch bei uns. Wir lebten für die Zukunft und vergaßen die Gegenwart darüber.«

»Bis es keine Gegenwart mehr gab.«

»Und keine Zukunft«, ergänzte sie düster. Von dem Drang beherrscht, ihm ihre neugewonnene Philosophie zu erklären, wandte sie sich zu ihm um.

»Deshalb werde ich mein Geld nicht horten. Ich möchte reisen, fremde Länder sehen und Menschen kennenlernen. Und warum auch nicht«, schloß sie achselzuckend. »Ich werde nie Kinder haben, für die ich sparen muß.«

»Aber was ist mit Notfällen?«

»Ich bin nicht dumm. Ein wenig Geld werde ich schon auf die hohe Kante legen.«

Dugan brauchte seine Mißbilligung nicht laut zu äußern. Claire erkannte sie an der Art, wie er die Lippen zusammenpreßte.

»Du hast hart gearbeitet, um zu erreichen, was du besitzt. Willst du dir nicht ein bißchen Vergnügen gönnen, bevor du zu alt oder zu krank dazu sein wirst, wie Orville beispielsweise?«

»Ist Orville so krank?«

»Ich kann mir nicht sicher sein, bis er in einem Krankenhaus einige Tests gemacht hat, aber es ist möglich, daß er eine Operation benötigt. Wie alt ist er?«

»Fünfundsiebzig oder sechsundsiebzig, glaube ich.«

»Sechsundsiebzig. In diesem Alter erholt man sich nicht leicht von einer Herzoperation. Ich möchte nicht an seiner Stelle sein, ohne Cancún, Europa und vielleicht sogar Japan gesehen zu haben.«

»Willst du das wirklich alles sehen?«

»Klar. Du nicht?«

»Ich werde dir was sagen, Doc«, entgegnete er seufzend. »Ich bin glücklich und zufrieden in Sierra. Jeden Tag beim Erwachen sehe ich die Sonne aufgehen, die Luft ist rein, und ich habe alles, was ich brauche, und sogar noch etwas mehr. Ich könnte den Rest meines Lebens dort verbringen und glücklich dabei sein. Vorausgesetzt, daß ich die richtige Gesellschaft hätte.«

Dugan warf ihr einen fragenden Blick zu. Sie wußte, daß er nach einem Hinweis suchte, daß sie »die richtige Gesellschaft« war. Das Problem war nur, daß sie nicht sicher war, es je sein zu können.

8

Der Tag gestaltete sich nicht so, wie Dugan es geplant hatte. Ganz und gar nicht.

Statt auf der Rückfahrt zum Hotel mit Claire zu reden und zu schmusen, wie er es sich vorgenommen hatte, und all die anderen köstlichen Dinge zu tun, die ihre Körper ihnen diktierten, saß jeder steif in seiner Ecke und starrte aus dem Fenster. Ein lastendes Schweigen hing zwischen ihnen, das ebenso unerträglich war wie die schwüle Dschungelhitze.

Dugan war fast froh, als das Taxi endlich hielt.

Nachdem sie geduscht hatten – *getrennt*, dachte Dugan enttäuscht –, gingen sie zum Lunch zum Strand hinunter und nahmen später an einer kurzen Segeltour auf einem Katamaran teil. Als sie schwerelos wie Vögel über die karibische See dahinglitten, nutzte Dugan die Stille, um über Claires Einstellung zum Leben, zum Geld und zum Reisen nachzudenken.

Ihre Eltern waren Mitte Vierzig gestorben und hatten nie in irgend etwas anderes als in ihr bescheidenes Heim und ihre hübsche Tochter investiert. Verständlicherweise wollte Claire mehr vom Leben als die Opfer, die sie für eine Sicherheit gebracht hatten, die ihnen in gewisser Weise zum Gefängnis geworden war. Dugan hoffte nur, daß sie begriff, daß kein Geld der Welt die wirklich kostbaren Dinge des Lebens kaufen konnte – vor allem jedoch keine Liebe.

Trotz allem plante er, ihr einen unvergeßlichen Abend zu bereiten, ohne Rücksicht auf die Kosten.

Sie speisten in einem gemütlichen italienischen Restaurant, das ihnen der Empfangschef des Hotels empfohlen hatte, umringt von Kellnern, die ein köstliches Gericht nach dem anderen auftrugen, von denen Dugan die meisten nicht mal kannte.

Danach führte er Claire in eine schicke Disco namens ›Daddy-O's‹, deren Lasershow sie so entzückte, daß ihr Gesicht glühte wie bei einem kleinen Kind. Ermutigt von ihrem Stimmungsaufschwung, zog Dugan sie zur Tanzfläche, wo sie die anderen Gäste mit einer schnellen, temperamentvollen Version des texanischen Two-Step begeisterten.

Das Taxi, das sie zum Hotel zurückbrachte, hielt mit quietschenden Reifen vor der Auffahrt.

»Wie wär's mit einem Strandspaziergang?« fragte Dugan, als der Portier die Wagentür öffnete und einen bewundernden Blick auf den tiefen Rückenausschnitt von Claires schwarzem Cocktailkleid warf.

»Gern.« Sie schaute auf die Uhr und seufzte. »Nicht zu fassen! Nur noch eine Stunde, bevor ich mich wieder in Aschenputtel zurückverwandele.«

Noch eine Stunde, um sie zu verzaubern, dachte Dugan und hoffte auf ein Wunder.

Sie schlenderten durch das fast verlassene Foyer und schritten über gepflegte Pfade am Pool vorbei, an der Bar und der Boutique. Der Sand knirschte unter ihren Füßen, als sie die Stufen zum Strand hinunterstiegen und tief die kühle, frische Salzluft einatmeten.

In unausgesprochener Übereinstimmung betraten sie den Strand und hielten dann inne, um sich Hand in Hand umzuschauen und zu lauschen.

Claire war bewußt, daß der Sand in ihre offenen Schuhe drang, aber das störte sie nicht. Sie wollte sich den Strand für immer einprägen – seine Gerüche und Geräusche, die kühle Brise auf ihrer nackten Haut und Dugans warme Hand in ihrer – weil es ihre letzte Nacht zusammen war.

»Ich werde das Zusammensein mit dir vermissen, wenn wir wieder zu Hause sind«, sagte Dugan.

»Komisch, das dachte ich auch gerade.«

»Wirst du dich nach all diesem Luxus mit unserem guten alten Sierra begnügen können?«

Sie lachte leise, aber das Rauschen der Brandung verschluckte das Geräusch. »Natürlich. Ich habe jeden Tag angerufen, um mich nach meinen Patienten zu erkundigen . . . vor allem nach Pamela Sue.«

»Wann kommt ihr Baby?«

»In fünf Wochen, wenn wir richtig gezählt haben.«

»Was wird sie tun, wenn es geboren ist? Glaubst du, sie kann sich und ihr Kind ernähren?«

»Das bezweifle ich. Ich werde ihr helfen, so gut ich kann, aber ich weiß nicht, ob das genügen wird.«

»Es tut mir leid«, sagte Dugan leise.

»Was?«

Er richtete einen ernsten Blick auf sie. »Es tut mir furchtbar leid, daß du keine Kinder mehr bekommen kannst.«

»Aber das ist doch nicht deine Schuld!«

»Wenn du mich nicht geheiratet hättest, hättest du wahrscheinlich längst ein Haus voller Kinder.«

»Vielleicht. Vielleicht auch nicht.« Beruhigend drückte sie seine Hand. »Jedesmal, wenn in Sierra ein Kind geboren wird, werde ich es zur Welt bringen und zusehen, wie es aufwächst.«

»Das ist nicht das gleiche, wie eigene zu haben.«

»Bitte, Dugan. Ich habe mich damit abgefunden, daß ich keine Kinder mehr bekommen kann.« Aber plötzlich fragte Claire sich, ob ihn dies vielleicht mehr belastete, als er sich eingestand. »Laß uns nicht den Abend verderben mit Gedanken an das, was hätte sein können.«

Sie ließ ihre Schuhe in den Sand fallen und setzte sich daneben.

Dugan zögerte, dann folgte er ihrem Beispiel und stützte seine Arme auf die Knie.

Er trug die weißen Hosen und das bestickte Hemd, die sie ihm gekauft hatte. Schweigend nahm er ihre Hand und zog sie auf sein Knie. Es war nur eine beiläufige Geste, aber seine Haut unter dem leichten Baumwollstoff brannte, als ob er Fieber hätte.

Ungestümes Verlangen erfaßte Claire. Wie gern hätte sie Dugan jetzt geliebt ... Aber er würde sich nicht mit weniger zufriedengeben als einem rückhaltlosen Eingeständnis ihrer Liebe und dem Versprechen einer lebenslangen Bindung.

Und sie war nicht sicher, ob sie ein solches Versprechen je wieder leisten konnte.

Er drückte ihre Hand und strich über den Ring an ihrem Finger. »Ich liebe dich, Claire. Das weißt du doch, nicht wahr?«

»Ich ... Ich weiß nicht, was ich dazu sagen soll.«

»Sag nichts. Hör einfach zu. Ich habe nie aufgehört, dich zu lieben. Ich weiß, daß du geglaubt hast, es wäre so. Ich weiß, daß du dachtest, du wärst mir gleichgültig. Aber diesen Eindruck habe ich nur erweckt, um dir zu helfen.«

»Dugan ...«

»Es war falsch von mir, das gebe ich jetzt zu. Und ich bin hin- und hergerissen, was uns beide angeht. Ich liebe dich, aber ich weiß nicht, ob ich mit dir leben könnte.«

»Mit mir leben?« Dugans letzte Worte und ihre unerwartet negative Assoziation verletzten Claire.

»Du hast dich verändert. Ich mich vielleicht auch. Während es mir genügen würde, auf der Ranch zu bleiben, willst du die Welt sehen. Ich drehe jeden Penny um ...«

»Bis es nicht mehr geht«, warf Claire mit einem wehmütigen Lächeln ein.

»... während du dein Geld mit vollen Händen ausgibst. Vielleicht«, sagte er und drehte ihr Gesicht zu sich herum, »hast du ja recht. Vielleicht ist es zu spät für uns.«

Sie schauten sich in die Augen, sagten nichts und litten nur noch still. Claire hatte Angst, daß der brennende Klumpen in ihrer Kehle sie ersticken würde. In den vergangenen Tagen hatte sie endlich einen Schlußstrich unter die Vergangenheit und ihre Qualen gezogen. Sie wollte wieder Dugans Frau sein. Aber gerade, als sie glaubte, sie hätte alle Geister verbannt, die zwischen ihnen gestanden hatten, waren neue Probleme aufgetaucht, neue Qualen zu ertragen.

Würde das Leid denn niemals enden?

»Komm her, schöne Frau«, sagte er und zog an ihrer Hand. »Ich schwöre dir, daß ich heute abend fast ein paar Kerle niedergeschlagen hätte, weil sie dich so anstarrten in diesem Kleid.«

Sie war entzückt gewesen über den Glanz in Dugans Augen, als sie die Treppe ins Wohnzimmer hinabgestiegen war und sich vor ihm im Kreis gedreht hatte.

Er zog sie auf den Schoß und drückte sie an seine Brust. Obwohl sie sich geborgen und beschützt fühlte, war es nicht das, was sie sich jetzt wünschte. Dugan sollte sie ... auf andere Art berühren. Seufzend zog sie seine Hand auf ihren Bauch, um zu beenden, was sie heute abend angefangen hatten.

Dugans Hand glitt über ihre Brüste, seine Lippen über ihren Nacken. »Ah, Claire. Du riechst wie wilde Blumen –« er senkte den Mund auf ihren Nacken – »und du schmeckst wie Nachtisch.«

Sie lachte. »Nachtisch? Wie romantisch!«

Plötzlich umfaßten seine Hände ihre Taille und drehten sie um, bis sie rittlings auf ihm saß und die Stelle, wo ihre süße Qual am größten war, sich auf seine männliche Erregung preßte. Sie schlang die Arme um seinen Nacken und spürte seine Hände über ihren nackten Rücken gleiten.

»Du bist mein Nachtisch, Claire. Siehst du?«

Mit schräggelegtem Kopf nahm er ihre Lippen in Besitz und drang tief in die warme Höhlung ihres Mundes ein. Claire erwiderte den Kuß, als fürchtete sie, es sei ihr letzter. Heute nacht gehörte Dugan ihr, und sie gehörte ihm.

Und morgen? Darüber wollte sie nicht nachdenken.

Die kalte Wirklichkeit des *morgen* schlug um sechs Uhr früh. Claire, Lila und Dugan hasteten durch die Suite der Garrisons und packten Souvenirs, medizinische Instrumente und Medikamente in Koffer, die bereits zu bersten drohten.

Sie warteten bis zum letzten Augenblick, bevor sie Orville in den Rollstuhl setzten, den ein Hotelpage gegen ein kleines Vermögen für Claire besorgt hatte.

Als Dugan die Motoren startete, warf Claire einen wehmütigen Blick aus dem Fenster und nahm Abschied vom Paradies – und den glücklichsten vier Tagen ihres Lebens.

Nach einem kurzen Aufenthalt in Brownsville, wo die amerikanischen Zollbehörden gründlich das Gepäck durchsuchten, flog Dugan auf direktem Weg nach Lubbock weiter.

Vor dem Aufbruch in Cancún hatte Claire einen Kardiologen in Lubbock angerufen, damit Orville unverzüglich in die Klinik eingewiesen werden konnte. Eine Ambulanz erwartete sie am Flughafen und fuhr die Garrisons ins Krankenhaus. Claire und Dugan folgten in einem Taxi. Nachdem Claire mit dem Herzspezialisten gesprochen hatte, machten sie sich wieder auf den Weg zum Flughafen.

Eine Stunde später landete Dugan auf der Landepiste seiner Ranch, und Cinderellas Kutsche verwandelte sich in einen Kürbis.

Während Dugans Abwesenheit war die Hölle losgewesen. Ein heftiger Sturm hatte das Dach der Scheune abgerissen, und sechs Rinder, in panischer Angst vor Sturm und Regen, hatten den Zaun durchbrochen und Joseph Whitcombs Süßkartoffelfeld zertrampelt.

In Gedanken offenbar schon bei der Arbeit, die ihn erwartete, lud Dugan Claires Gepäck in den Pickup seines Vorarbeiters und verabschiedete sich flüchtig.

Die nächsten sieben Tage schleppten sich dahin. Claire sah Dugan nicht ein einziges Mal. Wie sehr sie das belastete, merkte sie erst, als Pamela Sue während ihrer Routineuntersuchung eine persönliche Bemerkung machte.

»Sie kommen mir seit Ihrer Rückkehr irgendwie verändert vor«, sagte das Mädchen nachdenklich.

Claire erwiderte nichts und fragte sich, wie deutlich es ihr anzusehen war. Ob Pamela Sue wohl wußte, daß sie jedesmal, wenn das Telefon klingelte, hoffte, daß es Dugan war?

»Machst du deine Übungen?« fragte Claire, um das Mädchen von diesem Thema abzulenken.

»Jeden Tag. Lila läßt mir sonst keine Ruhe.«

»Das ist gut. Ich möchte, daß du dich beim ersten Anzeichen von Wehen sofort meldest. Wir fahren dich nach Lubbock. Ich habe dich schon in der Klinik angemeldet.«

»Und wenn uns nicht genügend Zeit bleibt?« fragte das Mädchen angstvoll.

»Das erste Kind braucht meistens ziemlich lange. Ich glaube nicht, daß du dir Sorgen machen mußt«, beruhigte Claire sie. »Und vergiß nicht, daß ich den Beeper habe. Ruf mich an, und ich lasse alles stehen und liegen, um zu dir zu kommen.«

Pamela nickte und wandte sich zum Gehen. Ihre Schultern zuckten, und Claire hörte ein ersticktes Schluchzen.

Rasch drehte sie das Mädchen zu sich um. »Was ist denn, Liebes? Hast du Angst?«

Pamela Sue schüttelte den Kopf. »Nein. Lila sagte, sie würde bei mir bleiben und mir helfen.«

»Aber?«

»Ich wünschte nur ... Ach, nichts.«

»Sag mir doch, was du auf dem Herzen hast.«

Das Mädchen biß sich auf die Lippen. Dann schüttelte sie den Kopf und sagte leise: »Ich wünschte bloß, mein Baby hätte einen Daddy. Jemanden, der lieb und nett ist und es halten und lieben und beschützen würde ...

Jemand, der seine Windeln wechseln und ihm die Flasche geben würde. Jemand wie ... Ihr Dugan.«

»Mein Dugan?« Die Bemerkung verschlug Claire fast die Sprache. Er war nicht *ihr* Dugan, außer vielleicht in den sinnlosen Wunschträumen ihres Herzens.

Das Mädchen nickte. »Der Junge – der Vater meines Babys – hat einfach aufgelegt, als ich es ihm sagte. Nein, das ist nicht wahr – zuerst hat er gesagt, ich solle mich zum Teufel scheren, und er dächte nicht daran, mich zu heiraten oder für ein Kind zu sorgen.«

Claire nahm Pamela Sue tröstend in die Arme. »Wenn nur andere Mädchen deines Alters die Geschichte hören könnten. Vielleicht würden sie dann warten ... oder vorsichtiger sein.«

»Sie werden mich nie wieder in diesem Zustand sehen, Dr. Linwood, das verspreche ich. Ich weiß noch nicht, wie ich es schaffen soll, aber ich werde etwas aus mir machen. So wie Sie etwas aus sich gemacht haben.«

»Das ist fein«, sagte Claire und schenkte Pamela Sue ein Lächeln, obwohl ihr fast die Tränen kamen. Natürlich hatte sie etwas aus sich gemacht, aber nie würde sie die Freude kennen, eigene Kinder aufzuziehen.

Sie notierte Pamela Sues Gewichtszunahme und fiel fast vom Stuhl, als das Mädchen fragte: »Möchten Sie eines Tages Kinder haben?«

Claire schloß gequält die Augen. Sie wollte Pamela Sue nicht von Angelas Geburt und Tod erzählen, weil das Emotionen in ihr erzeugen würde, die ihre blutjunge Patientin höchstens erschreckt und eingeschüchtert hätten.

»Warum beunruhigt meine Frage Sie?« fragte Pamela Sue verwundert.

Claire seufzte und richtete den Blick auf sie. »Ich wollte es dir nicht sagen, Pamela Sue, weil ich nicht will, daß du dir Sorgen machst. Aber ich hatte schon einmal ein Baby. Ihr Name war ... Angela.«

»Wo ist sie?«

Claire atmete tief ein, um sich zu beruhigen. »Sie ist gleich nach der Geburt gestorben.«

»Oh, Dr. Linwood, das tut mir leid! Ich meine, niemand hat es mir gesagt.«

»Ich wollte nicht, daß du dir Sorgen machst. Die Umstände waren völlig anders. Ich hatte keinen Arzt. Es gab Komplikationen. Ich wollte Kinder, Pamela Sue, aber ich kann leider keine mehr bekommen.«

Zwei junge Arme schlangen sich um ihren Nacken. Claire fand es ein wenig sonderbar, von einer jungen Frau getröstet zu werden, deren eigene Bedürfnisse soviel größer waren als ihre eigenen.

Aber Pamela Sues Zuneigung und Besorgnis rührten sie.

»War es Dugans Baby?«

Claire seufzte. »Ja.«

»Ich hörte, daß Sie mit ihm verheiratet waren.«

»Ja, aber das ist lange her.«

»Es muß schrecklich gewesen sein für Sie beide und für Ihre Ehe, ein Baby zu verlieren.«

»Ja, das war es.« Claire lächelte traurig. »Aber wir haben es überlebt. Das Leben geht weiter.«

»Wollten Sie deswegen nicht mehr seine Frau sein?«

»Wer sagt, daß ich nicht mehr seine Frau sein wollte?«

Pamela Sue zuckte die Schultern. »Die Leute reden.«

»Nun, dann werde ich dir etwas verraten«, fuhr Claire fort, froh, daß sie wenigstens dieses nette, wißbegierige junge Mädchen belehren konnte. »Ich habe ihn nicht aufgegeben. Er hat mich verlassen. Und ja, Angela zu verlieren, hat unsere Ehe furchtbar strapaziert.«

»Er liebt Sie immer noch.«

»W-woher weißt du das?« stammelte Claire.

»Das war nicht schwierig. Man braucht ihn doch nur anzusehen, wenn Sie in der Nähe sind. Er hat für niemand anderen Augen als für Sie.«

»Ich fürchte, du bist eine unverbesserliche Romantikerin.«

»Wenn ich es bin, ist es die halbe Stadt.«

»Nun, dann sollte die halbe Stadt lieber erfahren, daß ich nicht zurückgekehrt bin, um Dugan zu heiraten.«

»Niemand denkt das!«

»Es wäre mir auch egal. Ich weiß nur, daß Dugan und ich heute –« sie drückte sich so aus, wie er es in jener letzten Nacht am Strand getan hatte – »andere Menschen sind. Es würde einfach nicht mehr klappen.«

»Vielleicht nicht, Dr. Linwood, aber wenn ich an Ihrer Stelle wäre, würde ich alles tun, um es zu versuchen!«

Sie hatte kaum die Tür geöffnet, als eine der beiden Krankenschwestern händeringend auf Claire zustürzte.

»Dr. Linwood, ich muß mit Ihnen reden. Wir haben einen Notfall.«

»Wer?« fragte Claire.

»Gunther Boone.«

»Wo ist er?«

»In seiner Hütte vor der Stadt.«

»Macht sein Emphysem ihm Schwierigkeiten?«

»Ja. Er konnte kaum reden, als er anrief.«

»Stellen Sie ihn durch«, sagte Claire, schon auf dem Weg zurück in ihr Büro.

»Das geht nicht. Er hat so stark gehustet, daß er das Telefon fallen ließ. Ich schrie und schrie, aber er antwortete nicht. Ich hörte ihn nur husten.«

»Dann fahre ich sofort los«, sagte Claire, während sie ein Stethoskop in ihre Tasche steckte. »Ich war noch nie bei ihm. Könnten Sie mir die Adresse aufschreiben, während ich den Wagen packe?«

»Klar.«

Claire hastete über den Korridor. Ein halbes Dutzend Schritte weiter prallte sie gegen einen harten Männerkörper.

»Dugan!«

»Hi, Doc. Wo brennt's?«

»Nirgendwo. Ich muß zu Gunther Boone.«

Dugans Augen wurden schmal. »Mir ist nicht wohl bei dem Gedanken, daß du allein zu ihm fährst.«

»Es geht nicht anders. Der Mann ist krank. Er braucht mich. So schlecht, wie es ihm zu gehen scheint, wird er diesmal wohl kaum so grob und ruppig sein.«

»Seine Hütte ist nicht leicht zu finden. Ich kenne den Weg. Ich fahre dich hin.«

»Würdest du das wirklich tun?« Claire seufzte erleichtert. »Jede Minute ist kostbar, Dugan.«

»Wir nehmen deinen Wagen. Falls du ihn in die Klinik bringen mußt, hat er es darin bequemer als in meinem Pickup.«

Er wandte sich an Pamela Sue. »Könntest du dafür sorgen, daß jemand meinen Wagen zur Ranch zurückfährt?« Er reichte ihr die Schlüssel. »Mein Vorarbeiter wartet auf die Impfstoffe im Kofferraum. Wir haben gerade erfahren, daß eine Seuche ausgebrochen ist, wo ich meine neuen Kälber gekauft habe. Sie müssen geimpft werden, bevor er nach Lubbock fährt, um seine Verlobte abzuholen.«

»Klar«, erwiderte das Mädchen. »Ich kümmere mich darum.« Sie lächelte ihn an, und ihr Blick glitt einen Moment zu seiner Hand, die noch immer beschützend auf Claires Arm ruhte. »Ich finde jemanden, der Ihren Wagen zur Ranch bringt. Gehen Sie ruhig. Und wenn Sie früh genug fertig sein, könnten Sie heute abend noch zum Kirchentanzfest gehen«, schloß sie lächelnd. »Es ist Freitagabend.«

Gunthers baufällige alte Hütte lag in einer Talsenke, fast ganz verdeckt von wild wuchernden Mesquitebäumen und Salbeigestrüpp. Ihr Anblick flößte Claire das unheimliche Gefühl von längst vergangenen Zeiten ein.

Abraham Lincolns, um genau zu sein. Als sie ihre Tasche nahm und die Wagentür öffnete, war nichts anderes zu hören als der Schrei des Eichelhähers, das Krähen eines Hahns und ein rauhes Husten, das durch ein offenes Fenster der Hütte drang.

Wenigstens lebte Gunther noch.

Das Innere der Hütte als karg zu bezeichnen, war eine gewaltige Untertreibung. Das einzige Möbelstück im Wohnzimmer war eine breite Couch im Stil der Sechziger. Das und eine Holztür, die auf vier Betonbausteinen ruhte und Gunther offenbar als Eßtisch diente.

Ein Blick in die Küche offenbarte einen Campingtisch und einen Klappstuhl. In einem Regal an der Wand standen Dutzende von Konservendosen, alle von derselben Firma, und überall in der Hütte roch es nach Zigarettenqualm.

»Das Schlafzimmer ist hier«, sagte Dugan, aber das war unnötig. Claire folgte dem Husten in einen dunklen Raum, wo Gunther auf einem rostigen Eisenbett lag. Obwohl noch sommerliche Wärme herrschte, trug er lange Unterhosen und hielt ein Kissen gegen die Brust gedrückt.

»Gunther? Ich bin's, Dr. Linwood. Dieser Husten klingt nicht gut.«

»Wurde auch langsam Zeit«, stieß er erstickt hervor. Sein Gesicht war stark gerötet, und das weiße Tuch in seinen Händen war blutbefleckt.

Claire öffnete eine Jalousie, um für ihre Untersuchung Licht zu haben. »Wie lange spucken Sie schon Blut?«

»Z-zwei ... W-wochen«, antwortete er zwischen Hustenanfällen. Der arme Gunther ertrank buchstäblich in der Flüssigkeit, die seine Lungenflügel füllten. Wahrscheinlich ähnelten sie inzwischen mehr vollgesogenen Schwämmen als lebenserhaltenden Organen. Claire konnte den Fortschritt der Krankheit nicht mehr aufhalten, aber sie konnte ihn auch nicht allein hier draußen sterben lassen. Ihre einzige Hoffnung war, ihn in die Klinik nach Lubbock zu bringen, wo eine Studie über Lungenemphyseme in fortgeschrittenem Stadium durchgeführt wurde. Die Forscher würden Gunther sein Leiden erleichtern, so gut es ging, und wahrscheinlich würde er nicht einmal dafür bezahlen müssen.

Sie drückte eine Zigarette aus, die in einem Aschenbecher auf Gunthers Nachttisch schwelte.

Die Ärzte in Lubbock werden darauf achten müssen, daß er an keine Zigaretten herankommt, dachte sie.

»Das Blut ist kein gutes Zeichen, Gunther«, sagte sie, als sie seine Lungen abhorchte. »Ich kann hier nicht viel für Sie tun. Ihre einzige Chance ist, sich von Dugan nach Lubbock in die Klinik fliegen zu lassen.«

Gunther schüttelte den Kopf. »Ich hab' kein Geld, Doc.«

»Ich werde mit den Ärzten in Lubbock sprechen. Es besteht die Möglichkeit, daß Sie dort in ein Studienprogramm aufgenommen werden, und dann kostet es Sie keinen Cent.«

Der alte Mann schien überrascht, doch dann runzelte er die Stirn. »Ich kann mir trotzdem keinen Flug erlauben.«

»Machen Sie sich darüber keine Sorgen«, beruhigte sie ihn. »Das Wichtigste ist, Sie so schnell wie möglich hinzubringen.«

»Wenn Sie mir sagen, wo Ihre Kleider sind«, sagte Dugan von der Tür, »helfe ich Ihnen beim Anziehen.«

»Ich fahre nirgendwohin«, erklärte Gunther stur, und Claire fiel auf, daß sein Husten ein wenig nachgelassen hatte.

»Gunther, bitte. Sie haben mich zu Hilfe gerufen. Ich verschreibe Ihnen, was das Beste für Sie ist. Ich wünschte nur, Sie wären schon früher zu mir gekommen. Es hätte Sie keinen Cent gekostet.«

»Dann hätten Sie dasselbe getan wie jetzt und mich in

ein verdammtes Hospital gesteckt. Und dann hätte ich kein Geld verdient.«

»Es gibt Dinge, die wichtiger sind als Geld. Ihre Gesundheit beispielsweise.«

»Das ist leicht gesagt für jemanden wie Sie, eine reiche Ärztin aus der Großstadt!«

»Gunther ...«

»Ich kann nicht ins Krankenhaus gehen, Doc«, entgegnete er flehentlich. »Was soll aus meiner Arbeit werden?«

»Sie sind nicht in der Verfassung, um zu arbeiten. Sie werden fahren, und damit basta. Ich rufe die Klinik an, um Sie anzumelden.«

Entweder hatten Gunthers Argumente sich erschöpft, oder es fehlte ihm die Kraft zum Widerspruch. Dugan ging zu einem Schrank und nahm ein rotes Flanellhemd von einem Bügel. Als Claire zusah, wie er Gunther beim Anziehen halft, merkte sie, daß Dugan stirnrunzelnd auf die Wand hinter dem Bett schaute.

»Was ist?« fragte sie.

Dugan antwortete nicht, sondern trat an die Wand und begann an etwas zu zupfen, das zwischen den Holzlatten zu stecken schien. Dann zog er etwas hervor, was wie ein aufgerollter Fetzen grüner Stoff aussah.

»Was ist es?« fragte Claire. »Eine Zigarette?«

»Nein. Eine Zwanzigdollarnote«, antwortete Dugan und betrachtete die Hüttenwände noch eingehender. »Und wenn ich mich nicht irre, sind sämtliche Wände in diesem Zimmer voll davon.«

Claires Blick glitt zu der Ritze zwischen den Latten. »Wenn alle diese Rollen Zwanziger sind, hat Gunther mehr Geld als wir beide zusammen.«

Trotzig schaute Gunther zu ihnen auf. »Na und?«

»Wie lange horten Sie Ihr Geld schon so?« fragte Dugan.

»So lange ich mich entsinnen kann. Haben Sie was gegen Sparen?«

»Nur wenn ein Mensch das Geld für seine Gesundheit braucht. Warum haben Sie nicht schon vor Jahren einen Arzt aufgesucht? Sie hatten doch das Geld, Gunther!«

»Geld ist zum Sparen da und nicht zum Ausgeben.«

»Wer sagt das?« warf Dugan ein.

»Mein Daddy. Er hat alles verloren in der Wirtschaftskrise. Alles außer dieser Hütte hier.«

Während Claire dem Wortwechsel zwischen den beiden Männern lauschte, wurde ihr die Sinnlosigkeit ihrer eigenen Mission bewußt. Wenn Gunther nur einen Teil seiner kostbaren Ersparnisse ausgegeben hätte, als sein Husten anfing, wäre er heute vielleicht kein todgeweihter Mann. »Sie haben hart gearbeitet für Ihr Geld, nicht wahr?« fragte sie sanft.

»Das kann man wohl sagen!«

»Sie waren nie verheiratet?«

»Nein.«

»Haben Sie Verwandte?«

»Es ist kein Geheimnis, daß ich keine habe.«

Claire verspürte Mitleid mit dem alten Mann. Sie wußte nur zu gut, was es hieß, allein zu sein. »Dann brauchen Sie sich um niemanden außer sich selbst zu sorgen.«

Diesmal nickte er nur.

»Und Sie sind ein intelligenter Mensch.«

Gunther schob das Kinn vor. »Das denke ich schon.«

»Dann vergessen Sie, was Ihrem Daddy zugestoßen ist.« Ihr Blick glitt kurz zu Dugan. *Hör gut zu,* hätte sie ihn am liebsten angeschrien. »Sie müssen an sich selbst denken und an das, was Ihnen guttut. Hören Sie auf, sich um eine Wirtschaftskrise zu sorgen.«

Sie zögerte und entschied dann, daß die Wahrheit vermutlich das einzige war, was Gunther verstehen würde. »Denn wenn Sie nicht bald ins Krankenhaus kommen, werden Sie nicht mehr lange genug leben, um sich um Wirtschaftskrisen zu sorgen.«

Gunther gab nach und stimmte zu, ins Krankenhaus zu gehen. Aber er weigerte sich, zu fliegen, und gab alle möglichen Ausreden an außer dem wahren Grund – seine offenbare Angst zu fliegen.

Da sein Zustand sich stabilisiert hatte, erlaubte Claire ihm die anderthalbstündige Autofahrt nach Lubbock und tätigte die notwendigen Telefongespräche, um ihn anzumelden. Dugan, dem eingefallen war, daß sein Vorarbeiter sich in Lubbock mit seiner Verlobten treffen wollte, rief ihn an, um ihm die Sache zu erklären.

Der gutmütige Vorarbeiter erklärte sich bereit, sie auf der Schnellstraße zu treffen und Gunther nach Lubbock ins Krankenhaus zu fahren.

Dugan versprach, persönlich das Geld aus den Hüttenwänden zu entfernen und es auf ein Sparkonto in Sierra einzuzahlen, von dem Gunther durch einen simplen Anruf bei Orville Geld abheben konnte.

»Glaubst du, du hast ihn überzeugt?« fragte Dugan, als er Claires Wagen zu seiner Ranch zurückfuhr.

Claire seufzte. »Zumindest ist er auf dem Weg zum Krankenhaus.«

Dugan bog links ab. »Ich hätte nie gedacht, daß ich das einmal erleben würde ... He, sieh mal! Da steht mein Wagen. Wer mag ihn wohl hergefahren haben?«

»Irgendwelche neuen Beulen?«

Dugan runzelte die Stirn. »Sieht nicht so aus. Warum?«

»Dann kannst du sicher sein, daß es nicht Lila war.«

Dugan lachte. »Warum kommst du nicht auf einen Sprung herein? Ich koche noch immer einen verdammt guten Kaffee. Danach könnten wir zu diesem Tanzfest gehen, wenn du willst.«

Ob du noch immer so gut massieren kannst? Dachte Claire. Oh, wie gut es früher tat, seine geschickten Hände auf ihrem müden Rücken zu spüren!

»Ich müßte eigentlich zurück«, sagte sie.

»Warum die Eile?«

»Ich habe Schreibkram zu erledigen«, erwiderte sie, weil ihr nichts Besseres einfiel.

Er zuckte nur die Schultern und gab schneller auf, als Claire lieb war.

Sie schaute zu, wie er um den Wagen herumging, um ihr die Tür zu öffnen. Er war immer ein Gentleman gewesen, in guten wie in schlechten Zeiten. In Philadelphia hatte sie niemanden wie ihn gefunden, niemanden, der diesem selbstbewußten Mann auch nur das Wasser reichen konnte.

Die Hand auf der Tür, zögerte er und schob seinen Cowboyhut zurück. »Sag die Wahrheit, Doc. Du versuchst doch nicht, mir aus dem Weg zu gehen?«

»Wenn es so wäre, hätte ich mich von dir zu Gunther fahren lassen?«

»Dann kannst du doch auch ruhig auf einen Sprung hereinkommen.«

Sagte die Spinne zu der Fliege. »Auf eine Tasse«, gab sie nach.

Claire war nicht mehr in Dugans Haus gewesen, seit sie sein Bein das letzte Mal verarztet hatte. Und da war seine Haushälterin dabeigewesen ...

Wie würden sie und Dugan reagieren, wenn sie allein waren – zum ersten Mal ganz allein seit jener Nacht am Strand von Cancún?

Falls er so nervös wie sie war, ließ er es sich nicht anmerken. Er stieß die Tür auf und trat beiseite, um sie vorangehen zu lassen. »Mach es dir auf der Couch bequem. Ich bin gleich mit dem Kaffee zurück.«

Claire schaute durch den Raum und packte Dugans Arm. »O mein Gott, Dugan! Sieh mal!«

9

»Pamela Sue! Was ist geschehen?« fragte Dugan, als Claire zu dem Mädchen eilte.

Die werdende Mutter hockte mit gekreuzten Beinen auf einem Fernsehsessel vor dem Kamin. Ihre Augen waren geschlossen, und Tränen strömten über ihre Wangen. Mit beiden Armen ihren Bauch umschlingend, biß sie die Zähne zusammen und wimmerte wie ein verwundeter junger Hund.

»I-ich konnte ... niemanden finden ... um Ihren Wagen ... herzufahren«, keuchte sie mit schmerzverzerrter Miene, »und d-deshalb ...«

»Hast du ihn selbst gefahren«, schloß Dugan. »Das hättest du nicht tun sollen. Nicht in deinem Zustand, Pamela Sue.«

Das Mädchen grub die Fingernägel in die Armlehnen des Sessels und murmelte: »Sind Sie jetzt ... böse auf mich?«

»Nein, natürlich nicht.« Dugan nahm den Hut ab und drehte ihn zwischen seinen Fingern. »Ich bin nur ... Ich meine, ich hatte Angst ...«

»Dugan, tust du mir einen Gefallen und holst meine Tasche aus dem Wagen?« fragte Claire in ruhigem Ton. Es sah ganz so aus, als hätten bei Pamela Sue die Wehen eingesetzt, und da konnte sie keinen nervösen, kribbeligen Dugan brauchen.

Er nickte und hastete zur Tür, als sei er froh über eine Gelegenheit, zu verschwinden und seine aufgeregten Nerven zu beruhigen.

Pamela Sues Gesicht war feuerrot, ihre Stirn mit Schweiß bedeckt. Ihr Haar klebte in feuchten Strähnen an ihrem Kopf. Sanft strich Claire es ihr zurück. »So, so, das Baby hat also beschlossen, daß es nicht mehr warten will?«

»Ich weiß nicht«, antwortete das junge Mädchen, und das letzte Wort klang wie ein Schrei.

»Atme. Denk an deinen Unterricht. Zieh die Beine an«, wies Claire sie an und schaute auf die Uhr. »So ist es gut. Wann haben die Schmerzen begonnen?« Keuchend wie eine Veteranin in Sachen Geburtswehen, ertrug Pamela Sue den Schmerz und ließ sich dann zurücksinken.

»Braves Mädchen! Entspann dich jetzt.« Claire nahm ihre Uhr vom Handgelenk. »Hier, nimm sie. Wir müssen den genauen Zeitabstand zwischen den Wehen wissen und die Dauer der Wehen selbst – genau, wie wir geübt haben.«

»Ja, Doktor. Aber wo ist Lila? Sie ist mein Partner. Was soll ich ohne meinen Partner tun?«

»Wir rufen sie gleich an.«

Aus dem Augenwinkel sah Claire Dugan in der Tür stehen, ihre Tasche in der Hand. Während sie mit Pamela Sue sprach, winkte sie ihn herüber.

»Ich habe die Impfstoffe in die Scheune gebracht, wie Dugan sagte. Auf dem Rückweg –« sie schaute auf zu Dugan und senkte scheu den Blick – »platzte meine Fruchtblase.«

»Möchtest du, daß Dugan geht?« fragte Claire, der die Verlegenheit des Mädchens nicht entgangen war.

»O nein, bitte nicht. Ich möchte, daß er bleibt. Das heißt, wenn er es will.«

»Worauf du dich verlassen kannst, Prinzessin.«

Claire warf ihm einen anerkennenden Blick zu und fragte sich, ob die bevorstehende Geburt von Pamela Sues Baby auch bei ihm Erinnerungen weckte, die er lieber vergessen hätte.

»Eigentlich«, fuhr das Mädchen fort, »wollte ich Sie sogar um einen Gefallen bitten, Dugan.«

»Du brauchst nur zu sagen, was.«

»Glauben Sie ... Hätten Sie etwas dagegen ... nur für heute ... so zu tun, als wären Sie der Vater?«

Panik erschien für einen Moment in Dugans Augen, die er jedoch rasch verbarg. Lächelnd kniete er neben dem Mädchen nieder und nahm seine Hand. »Wenn es dir hilft, daß ich den Daddy spiele, tue ich es gern.«

»Danke, Dugan. Ich werde es niemandem erzählen.«

»Du kannst es ruhig allen erzählen. Aber jetzt laß sehen, was wir tun können, um dieses Baby auf die Welt zu bringen.«

»Wie lange?« wiederholte sie ihre Frage an Pamela Sue. »Wann hat der Schmerz begonnen?«

»Vor zwanzig oder dreißig Minuten, glaube ich. Ich hätte angerufen, aber ich konnte das Telefon nicht finden.«

»Es ist im Schlafzimmer«, sagte Dugan mit einem schiefen Lächeln. »Da ich allein lebe, dachte ich, ich brauchte nicht mehr Anschlüsse.«

Ganz im Gegensatz zu Claire, die gleich vier für ihr neues Haus bestellt hatte.

»Dr. Linwood, es tut so weh. Wird es noch schlimmer?« Pamela Sue umklammerte die Armlehnen und bäumte sich unter einer neuen Wehe auf.

Claire nahm ihr die Uhr aus der Hand. »Drei Minuten seit der letzten. Ich glaube, du hast Glück, meine kleine Mama«, sagte Claire, während sie im stillen fast geschrien hätte. Sie hatte keine Betäubungsmittel, keine Zangen, keine sterilen Bedingungen für die Geburt des Babys. »Obwohl es dein erstes Kind ist, wird es sehr schnell kommen.«

Da die Wehen jetzt schon in Abständen von drei Minuten kamen, konnte Claire die Fahrt in die Klinik nicht riskieren. Sie war angewiesen auf den kümmerlichen Inhalt ihres Arztkoffers, es sei denn, jemand brächte ihr aus der Klinik, was sie brauchte.

»Dugan?«

»Ja?«

»Ich möchte, daß du Lila anrufst.« Auf ihrem Rezeptblock notierte sie rasch die Dinge, die sie brauchte, und drückte den Zettel Dugan in die Hand. »Mach schnell.«

»Klar, Doc.«

»Und wenn du nichts dagegen hast, bringen wir das Baby hier in deinem Fernsehsessel auf die Welt. Bring mir nur ein paar saubere Laken, wenn du Lila angerufen hast.«

»Wird erledigt, Doc.«

Claire streifte die Gummihandschuhe über, um festzustellen, wie weit Pamela Sues Geburtskanal sich schon geöffnet hatte.

Ein Kind zur Welt zu bringen, war nicht viel anders, als ein Fahrrad zu fahren – eine Leichtigkeit, sobald ein Arzt es erst gelernt hatte. Die meiste Arbeit erledigte die Natur.

Eine Hand auf Pamela Sues gewölbtem Bauch gelegt, führte sie die andere in sie ein, um ihre Dilatation zu prüfen. Ihre Finger stießen an zwei winzig, glitschige Füße im Geburtskanal.

Steißlage. O Gott. Pamela Sues Baby war eine Steißgeburt, genau wie Angela es gewesen war.

Claire wollte etwas tun, um den Gebärvorgang fortzusetzen, aber alles verschwamm vor ihren Augen. Sie sah und hörte nichts mehr, als die Erinnerungen sie bedrängten.

Ein scharfer Schmerz durchzuckte ihren Bauch und setzte sich bis in den Rücken fort. Ihr Sehvermögen kehrte zurück, aber sie befand sich nicht mehr in Dugans Wohnzimmer. Sie war – nein! Nicht dort. Nicht wieder allein auf dem Weizenfeld. Kein Arzt, kein Dugan, nur Habichte, die über ihr kreisten. Ein wilder Schmerz erfaßte Claire und zerriß das zarte Gewebe zwischen ihren Schenkeln, wo ihr Baby mit den Füßen voran ins Leben drängte.

Heiß. Und jetzt kalt. Zittern. Warum konnte sie nicht aufhören zu zittern? Ein Schrei? Ihr Baby. »Dugan! Wo bist du, Dugan?«

»Doc? He, Doc!«

Claire schüttelte ihre Betäubtheit ab und merkte, daß Dugan ihren Arm ergriffen hatte und sich vorbeugte, um ihr etwas zuzuflüstern. »Nimm dich zusammen, Doc. Du hast ein Baby auf die Welt zu bringen.«

»Ein Baby.« Sie schluckte und zwang sich, einen tiefen Atemzug zu tun. »Richtig. Keine Sorge. Es ist alles in Ordnung.«

Dugan half ihr, die sauberen Laken unter Pamela Sue auszubreiten. »Du dachtest an Angela, nicht wahr?« flüsterte er.

Sie nickte und biß sich auf die Lippen, um ihre innere Ausgeglichenheit wiederherzustellen.

»Das dachte ich mir.« Für einen kurzen Moment nahm er sie tröstend in die Arme. »Glaub nicht, ich hätte nicht an sie gedacht. Wir konnten nichts tun, um Angela zu helfen. Aber dieses kleine Wesen hier wird es schaffen, Claire. Pamela Sue hat etwas, was du nicht hattest. Einen Arzt. Und zusammen werden wir das schönste, gesündeste Kind zur Welt bringen, das du je gesehen hast.«

»Ja, das werden wir«, bestätigte sie mit neugewonnener Zuversicht. »Hast du Lila erreicht?«

»Nein. Sie hat eine Nachricht auf dem Anrufbeantworter hinterlassen, daß sie mit Gunther nach Lubbock gefahren ist. Es sind nur wir zwei, Doc, und der liebe Gott dort oben.«

»Hoffentlich ist das genug«, murmelte sie.

Pamela Sues Wehen kamen jetzt in Abständen von nur einer Minute. Das tapfere Mädchen umklammerte die Sessellehnen und preßte die Lippen zusammen, um nicht zu schreien.

Als Claire vor ihr auf dem Flickenteppich niederkniete, fühlte sie neue Zuversicht in sich erwachen.

Dugan nahm seinen Platz neben dem Mädchen ein, und sie klammerte sich an seine Hand wie an einen Rettungsanker.

»Puste, Liebes«, forderte Claire sie auf. »Blas deine hübschen Wangen auf und tu, als müßtest du ein Feuer auspusten. Ja, so ist es gut. Nicht eher pressen, bis ich es dir sage. Gott, was bist du für eine tapfere kleine Mutter!«

Rasch, mit geschickten Händen, löste Claire die Nabelschnur vom Hals des Babys. »Ah, ich fühle den Kleinen schon. Du wirst gleich ein wunderschönes Baby haben.«

Als nächstes kam der Einschnitt und der große Augenblick. »Jetzt mußt du pressen, Liebes. Nimm Dugans Hand und preß nach unten und nach vorn, als ob du einen Basketball durch das Zimmer rollen würdest.«

Pamela Sue preßte. Geschickt drehte Claire das Kind, bis es mit den Füßen voran aus dem Mutterleib in ihre Hände glitt.

»Ein Mädchen!« rief Dugan. »Wir haben ein wunderschönes kleines Mädchen auf die Welt gebracht!«

Perfekte Arme und Beine bewegten sich. Augen blinzelten im Licht. Claire brauchte das Neugeborenen nicht einmal zu seinem ersten Atemzug zu stimulieren. Der robuste Säugling ballte die winzigen Fäuste und stieß einen kräftigen Schrei aus.

Der Schrei mochte der Protest des Kindes gegen das Licht, die Kälte und den rauhen Eintritt in seine neue Welt sein, aber für Claire war es der Beweis, daß alles in bester Ordnung war.

Lächelnd legte sie das Kind auf Pamela Sues Bauch und beendete ihre Aufgaben.

Tränen flossen reichlich. Pamela Sue weinte, Dugan, der stolze Ersatzvater, schämte sich seiner Tränen nicht, und Claire ... Claire dachte unter Tränen, daß sie dieses Kind und die heilende Kraft seiner Geburt niemals vergessen würde.

Dugan hob ihr Kinn und küßte sie sanft, beinahe ehrfürchtig auf die Lippen. »Das war gute Arbeit, Doc.«

Sie lächelte und erwiderte den Kuß. »Danke.«

»Wir waren ein großartiges Team, nicht wahr?«

»Das kann man wohl sagen.«

»Das ist eine Feier wert.«

Wie auf ein Stichwort hin hob das Baby die winzigen Fäuste und stieß einen weiteren herzhaften Schrei aus. Dugan lachte. Claire weinte. Pamela Sue streichelte den Po ihres nur wenige Minuten alten Kinds.

Dieses Baby kann schreien, soviel es will, dachte Claire, während ihr Herz vor Glück zu bersten drohte.

Etwas veranlaßte sie, zum Fenster hinauszuschauen, über den Rasen zu dem gepflegten kleinen Familienfriedhof. Zu dem Engel, der auf Angelas Grabstein saß. Nach all den Jahren qualvollen Nachsinnens über das, was hätte sein können, wich der Schmerz von ihr.

»Danke, Pamela Sue«, wisperte sie und streichelte den Kopf des Säuglings. »Und auch dir ein Dankeschön, du winzig kleiner Mensch.«

Nachdem sie und Dugan zusammen Pamela Sues Baby auf die Welt gebracht hatten, wäre Claire ihm am liebsten um den Hals gefallen. Sie wollte die Freude mit ihm feiern, die ihnen vor so vielen Jahren als Eltern versagt geblieben war.

Aber kaum hatte er Mutter und Kind in sein Gästezimmer getragen, bestand er darauf, in die Stadt zu fahren, um alles einzukaufen, was Pamela Sue benötigte. Er ließ sich eine Menge Zeit, um Windeln zu holen, Fläschchen und die Tasche, die Pamela Sue fürs Krankenhaus gepackt hatte. Als er zurückkehrte, verschwand er auf dem Dachboden und kehrte mit Angelas altem Kinderwagen zurück. Dann verbrachte er eine ganze Stunde damit, das weiße Korbgeflecht zu schrubben.

Er war so beschäftigt mit diesem Baby, daß Claire allmählich das Gefühl bekam, gehen zu können, ohne daß es ihm aufgefallen wäre.

Während Pamela Sue und das Kind im Gästezimmer schliefen, wusch Claire sich im Bad auf der anderen Seite des Hauses.

Sie knöpfte gerade ihre Bluse zu, als sie aufschaute und sah, daß Dugan an der Tür lehnte und sie lächelnd betrachtete.

»Du siehst müde aus«, bemerkte er.

»Ich könnte ein bißchen Schlaf gebrauchen«, gab sie zu. *Und den Trost deiner Umarmung.*

»Warum legst du dich nicht in mein Bett und schläfst ein bißchen? Oder besser noch, du bleibst die ganze Nacht. Und übers Wochenende. Du hast doch deinen Beeper.«

Claire hätte nichts lieber getan, als seine Einladung anzunehmen, falls sie das bedeutete, was sie sich erhoffte. »Ich weiß nicht, Dugan.«

»Ich möchte Pamela jetzt nicht in ein anderes Zimmer bringen. Sie ist müde. Sie braucht ihre Ruhe. Und deine Hilfe, Claire.«

»Das stimmt, aber ...«

»Wenn sie das Kind im Krankenhaus zur Welt gebracht hätte, hätte sie jetzt Ärzte und Krankenschwestern, die sich mindestens zwei Tage um sie kümmern würden.«

»Das ist wahr.«

»Und wenn du sie allein bei mir läßt, werden die bösen Zungen wochenlang nicht mehr verstummen.«

Claire lachte. »Auch das ist richtig.«

»Und wenn du bleibst, kannst du Pamela Sue zeigen, wie man ein Baby füttert, wickelt und es badet.«

»Das Baby.« Claire lächelte bei der Erwähnung des niedlichen, rothaarigen Säuglings, der in dem Korb lag, den sie einst für Angela gekauft hatten.

»Ich gebe zu, hierzubleiben klingt viel besser als das, was ich eigentlich vorhatte.«

»Dann bleibst du also?«

»Wo würde ich schlafen?« fragte sie kühn, denn bevor sie blieb, mußte sie wissen, was die Einladung bedeutete. Dachte er dabei nur an die junge Mutter und ihr Kind? Oder – hoffte Claire inständig – hatte er etwas weitaus Intimeres im Sinn?

»In meinem Schlafzimmer, wie ich bereits sagte.«

Claire hielt den Atem an. »Und du?«

»Auf der Couch.«

»Ach so.« Sie ging an ihm vorbei zum Korridor, um sich ihre Enttäuschung nicht anmerken zu lassen.

Er ergriff jedoch ihren Arm und zog sie an sich. »Ich verspreche dir, dich nicht zu belästigen, wenn du bleibst.« Sein warmer Atem streifte ihre Wange. Claire bemühte sich, das plötzliche Schwindelgefühl zu unterdrücken, das ihre Glieder erfaßte, aber es gelang ihr nicht.

Langsam hob sie die Hände und legte sie auf seine Brust. »Das ist nicht das Versprechen, das ich von dir will ...«

»Hör mal«, sagte er und lauschte. »Ich glaube, ich höre einen Wagen.«

»Das ist vermutlich Lila.«

»Sie wird wütender als eine Hornisse sein, daß sie dies alles verpaßt hat.«

Lila machte ihre Abwesenheit während der Geburt wieder wett, indem sie aufräumte und alles zurechtlegte, was das Baby brauchte. Während Claire zuschaute, wie Dugan ihrer Tante half, fühlte sie, wie er sich ihr mehr und mehr entfremdete. Angesichts seiner euphorischen Stimmung und seiner stolzgeschwellten Brust, wann immer er das Baby aufhob, hätte man meinen können, es sei wirklich und wahrhaftig seins.

Nach einem späten Dinner begleitete Claire Lila zur

Tür. »Warum kommst du nicht mit und bleibst heute nacht bei mir?« fragte sie.

»Ich glaube, ich bleibe noch ein bißchen hier, um mich um Pamela Sue und das Kind zu kümmern.«

Lila musterte sie argwöhnisch und schüttelte dann den Kopf. »Ich kann es dir nicht verdenken. Ich komme morgen früh mit Babynahrung und einem sauberen Kleid für die Mama. Ruf mich an, falls ihr sonst noch etwas braucht, ja?«

Claire stand am nächsten Morgen am Küchenfenster und starrte düster auf den Hof hinaus. Zwischen der Sorge um Pamela Sue und dem beständigen Lauschen auf Dugans Schritte hatte sie kaum mehr als ein, zwei Stunden Schlaf gefunden. Aber er hatte Wort gehalten und war nicht zu ihr ins Bett gekommen.

Die Kaffeetasse in der Hand, schaute sie zu dem alten Holzhaus hinüber, in dem sie einst gelebt hatten. Warum hatte Dugan es nicht abgerissen und das Holz für den Kamin benutzt?

Und dort, neben dem altersschwachen Haus, stand die alte Ruby.

Ruby. Welche Freuden hatten Dugan und sie in diesem Rosthaufen von Lastwagen geteilt! Sie lächelte unwillkürlich, als ihr Blick darüberglitt. Nach dem Highschoolabschluß waren sie in Ruby zu Joseph Witcombs Nordfeld gefahren und hatten sich zum ersten Mal geliebt.

Wenn Dugan so geizig war, warum hatte er Ruby dann nicht an einen Schrotthändler verkauft?

»Guten Morgen, Frühaufsteher.«

Claire wirbelte herum und verbrannte sich an ihrem Kaffee. »Au! Ich wußte nicht, daß du schon auf warst, Dugan.«

»Hier, leg etwas Eis darauf.« Er nahm ein paar Eisstückchen aus dem Kühlschrank, wickelte sie in eine Serviette und gab sie ihr. Als ihre Finger sich berührten, hielt er inne und richtete den Blick auf den offenen Kragen des blauen Hemds, das er ihr zum Schlafen geliehen hatte. Das Hemd reichte bis knapp über ihren Po, aber nur knapp.

Dugan trug nur Jeans, deren oberster Knopf noch offenstand. Claires Blick glitt zu seiner nackten Brust und dem weichen schwarzen Haar, das sie so gerne berührt hätte.

Falls es Dugans Absicht war, Distanz zu ihr zu halten, hatte er einen schlechten Weg gewählt, den Tag zu beginnen.

»Ich ... Mir fiel gerade auf, daß du Ruby behalten hast.«

Er schaute zum Fenster hinüber. Ein Lächeln erschien auf seinen Zügen, das jedoch rasch verblaßte. »Ich brachte es nicht übers Herz, das alte Mädchen zu verkaufen.«

»Wieso nicht?«

»Ich ... Nun ja, ich habe sie behalten, weil die Kaninchen unter ihr ihre Jungen kriegen.«

Es war eine schmerzhafte Erkenntnis, daß sogar Dugans Lastwagen fruchtbarer war als sie.

Und dann dämmerte es ihr plötzlich. Vielleicht war das der eigentliche Grund, warum Dugan zögerte, sie wieder an seinem Leben teilhaben zu lassen. Weil sie ihm nicht die Kinder schenken konnte, die er haben wollte.

Obwohl er Claire gesagt hatte, er liebte sie, obwohl er das vielleicht auch wirklich so empfand, war ihm möglicherweise klar geworden, daß Liebe allein nicht reichte.

»In zwanzig Minuten habe ich das Frühstück auf dem Tisch«, sagte sie brüsk und wandte sich zum Kühlschrank um.

»Das Baby ist wach.« Wieder schaute er voller Sehnsucht aus dem Fenster. »Ich habe es zu seiner Mama gebracht.«

Claire beschäftigte sich mit den Vorbereitungen für das Frühstück. »Was hast du heute vor?«

Dugan schenkte sich ein Glas Milch ein. »Mein Vorarbeiter hat mir angeboten, mich heute zu vertreten. Deshalb dachte ich, ich bleibe lieber hier, falls ihr mich braucht.«

»Was mich betrifft, so fahre ich nach dem Frühstück in die Stadt zurück«, erklärte sie.

Dugans Hand schloß sich um ihren Arm. »Nicht, Claire.«

»Nicht was?«

»Fahr noch nicht.«

Sie schob das Kinn vor und richtete einen kühlen Blick auf ihn. »Warum nicht?«

»Weil ich möchte, daß du bleibst.«

Sie schüttelte seine Hand ab. »Du brauchst mich nicht.«

»Wer sagt das?« entgegnete er.

»Ich, verdammt.«

»Hast du Angst, was die Klatschmäuler sagen werden, wenn du bleibst?«

Wie konnte er nur so dumm und gefühlsarm sein? »Sie werden reden, ob ich bleibe oder nicht. Warum willst du überhaupt, daß ich bleibe? In zwei Stunden ist Lila wieder da.«

»Warum? Ich werde dir sagen, warum«, erklärte er, knallte sein Glas auf den Tisch und riß sie in die Arme.

Es war etwas Verzweifeltes an der Art, wie sie den Kuß erwiderte. Sie zitterte am ganzen Körper, als er endete und Dugan mit heiserer Stimme sagte: »Ich will nicht, daß du gehst, Claire ... Denn wenn du gehst, kann ich dich nicht mehr in den Armen halten und mir vormachen ...«

Claire schmiegte sich an seine Brust. »Was?«

Zärtlich strich er über ihr zerzaustes Haar. »Daß ich dich nie fortgeschickt habe.«

Abrupt versuchte sie, ihn fortzustoßen, aber er ließ nicht locker. »Dugan, ich kann das nicht!«

»Was? Bei mir sein?«

»Wenn du bloß wüßtest, wie gern ich bei dir sein will.«

Dugan lachte, seine Hände schlossen sich um ihre Hüften und zogen sie ganz fest an seinen Körper. »Dann laß mich dich auf andere Gedanken bringen, Doc. Das Wochenende ist zu kurz, um es mit Trübsalblasen zu verbringen.«

Dugan war in seinem ganzen Leben nie glücklicher gewesen, außer in jenen ersten Monaten mit Claire, bevor die harte Arbeit auf der Farm feine Linien der Erschöpfung auf ihr junges Gesicht gezeichnet hatte.

Zusammen badeten und wickelten sie das Baby, dem seine Mutter noch keinen Namen gegeben hatte. Wann immer das Kind schrie, rannte Dugan in das kleine Zimmer und holte den Säugling aus dem Kinderwagen. Jedesmal, wenn er ihn dann in Claires Arme legte, strahlte sie, als wäre es ihr eigenes Kind.

Durch seine Schuld blieb ihr das Glück versagt, je wieder Kinder zu bekommen – aber wenigstens dieses eine Wochenende sollte sie die Erfahrung genießen, ein Neugeborenes in ihren Armen zu halten. »Hast du Claire gesehen?« fragte er Pamela Sue, die in ihrem Zimmer vor dem Fernseher lag, den er hereingebracht hatte.

»Sie hat eben das Baby geholt«, sagte die junge Mutter. »Ich glaube, sie wollte es baden.«

Aber Claire war nicht im Bad und auch nicht in der Küche. Dugan bemerkte jedoch, daß die Tür zu seinem Zimmer einen Spalt geöffnet war.

Das Baby im Arm, lag Claire seitlich auf dem Bett und schlief. Als Dugan auf Zehenspitzen zum Fußende ging, um die schöne junge Frau und den Säugling aus der Nähe zu betrachten, erfaßte ihn ein Stolz, wie ihn ein

Mann, der nicht der Vater dieses Kindes war, eigentlich gar nicht empfinden durfte.

Er wußte, daß Pamela Sue und ihr Kind morgen schon nach Hause fuhren, aber das hinderte ihn nicht daran, auch weiterhin an ihrem Leben teilzunehmen. Er war fest entschlossen, Pamela Sue finanziell zu unterstützen und einen Ausbildungsfond für das Baby bei Orvilles Bank zu eröffnen.

Dieses süße kleine Baby sollte einfach alles haben, was Angela nie gehabt hatte. Claire öffnete die Augen und lächelte verträumt. »Hm. Dugan. Was machst du hier?«

»Ich betrachte meine beiden liebsten Mädchen.«

»Willst du dein Bett?«

Mit dir drin, hätte er am liebsten erwidert. *Und nicht nur für eine Nacht, sondern für immer*.

Sie wußte, was er empfand. Er hatte ihr klar und deutlich zu verstehen gegeben, daß er nicht an einer flüchtigen Affäre mit ihr interessiert war. Er hatte nur auf ein Zeichen von ihr gewartet, daß sie seine Gefühle teilte, doch bisher war nichts dergleichen geschehen.

»Bleib liegen«, sagte er und ging zum Fußende des Betts.

»Sie war so unruhig. Deshalb habe ich sie hergebracht ...«

»Du brauchst mir nichts zu erklären, Claire. Ich verstehe schon.«

Er legte sich neben sie und schmiegte sich an ihren Rücken. Sie beschwerte sich nicht einmal, als er ein Bein über ihres legte, obwohl er noch immer seine Stiefel trug.

Die schwarzen Cowboystiefel. Ob sie sich wohl daran erinnerte, daß er sie an ihrem Hochzeitstag getragen hatte?

»Du hast diese Stiefel all die Jahre behalten.«

Lächelnd schlang er einen Arm um ihre Hüfte. »Ich konnte sie nicht fortwerfen. Ich trug sie, als ich die wunderbarste Frau auf der ganzen Welt geheiratet habe. Du hast mich gelehrt zu lieben, Claire. Du hast mich gelehrt, einer Frau zu vertrauen. Ich weiß nicht, was ohne dich aus mir geworden wäre.«

»Hast du je etwas von deiner Mutter gehört? Oder von deinem Vater?«

»Nein. Ich habe die Hoffnung seit langem aufgegeben und mich damit abgefunden, daß es manchen Menschen nicht bestimmt ist, Eltern zu sein. Aber laß uns nicht von ihnen reden. Ich möchte nur hier liegen und dir nahe sein.« Er schob seine Hand zwischen sie und das Baby und schloß sie um Claires Brust. Sie stieß einen leisen Seufzer aus.

Wenn er und Claire je wieder zusammenfanden, konnten sie heiraten und ein Baby adoptieren. Dann würde es *seine* Familie sein, die hier auf diesem Bett lag.

Claire schaute über ihre Schulter und lächelte. »Du wärst ein wunderbarer Vater, Dugan. Es wundert mich, daß du nicht wieder geheiratet und Kinder in die Welt gesetzt hast.«

Er strich ihr zärtlich über die Wange. »Niemand konnte dir das Wasser reichen.«

»Wer weiß, vielleicht wirst du ja eines Tages doch noch Vater.«

»Du hast etwas übersehen, Liebling«, sagte er und küßte ihre Nasenspitze. »Zuerst kommt die Liebe. Dann das Baby.«

10

Als Dugan sah, wie Claire ein Gähnen unterdrückte, nahm er ihr das Baby aus den Armen. »Ich bringe Red zu ihrer Mutter«, sagte er. »Dann kannst du ein Mittagsschläfchen halten.«

»Red?« fragte Claire verwundert.

Dugan nickte lächelnd. »Ich nenne sie so, bis Pamela Sue sich einen Namen für sie ausgedacht hat.«

»Red«, wiederholte Claire und betrachtete das Haar des Babys, das dem Kastanienrot seiner Mutter so ähnlich war. »Der Name paßt zu ihr.«

»Ja, das finde ich auch.« Dugan wandte sich zum Gehen.

»Warte, Dugan!« Sie hatte ihm noch viel zu sagen, bevor sie am Sonntagabend in die Stadt zurückkehrte. »Ich möchte mit dir reden.«

»Klar.« Er küßte das Baby auf das seidenweiche Haar. »Aber das kann doch sicher warten, nicht?«

»Nicht zu lange.«

Dugan nickte. »Na schön. Ich bin gleich wieder da.«

Claire sah sechsundfünfzig Minuten auf der Uhr dahinschleichen und fragte sich, warum es so lange dauern mochte, den Säugling zu seiner Mutter zurückzubringen.

Je länger sie wartete, desto unruhiger wurde sie. Und wenn er nun nicht zurückkam ...?

Dann würde sie ihn jagen wie die Rebhuhnjäger, die nach Sierra kamen, und ihn zwingen, sich anzuhören, was sie ihm zu sagen hatte.

In den letzten vierundzwanzig Stunden hatte sie einen tapferen Kampf mit den Diktaten ihres Herzens ausgefochten – und sich schließlich geschlagen gegeben. Sie wußte nun, daß sie Dugan liebte, und das mit einer Glut, die jeglicher Beschreibung spottete.

»So«, sagte er, als er in der Tür erschien. »Was möchtest du ... bereden?«

Claire drehte sich auf die Seite und stützte lächelnd den Kopf in ihre Hand. »Komm herein und schließ die Tür.«

»Doc«, sagte er warnend und umklammerte den Türrahmen, »fang jetzt bitte nichts an, was du nicht beenden kannst.«

»Dugan?«

»Ja?«

»Willst du den ganzen Tag dort stehen?«

»Das kommt darauf an.«

»Worauf?«

»Auf das, was du mir zu sagen hast.«

Sie klopfte einladend auf die Matratze. »Setz dich. Ich möchte dir ein bißchen näher sein, wenn ich es dir sage.«

Seine Augen leuchteten auf wie Sterne, die sie früher so gern beobachtet hatten. »Wenn du mir was sagst?«

»Muß ich deine Hände von dieser Tür losreißen?«

Dugan schwieg und ließ den Kopf sinken. Die Uhr auf dem Nachttisch tickte die Sekunden weg.

Als er endlich aufschaute, waren seine Züge hart geworden, er verschränkte die Arme vor der Brust und schob das Kinn vor. »Sag, was du zu sagen hast.«

»Du weißt es längst, nicht wahr?«

»Ich muß es von dir hören. Ich rühre mich nicht eher, bis ich es gehört habe.«

Claire schloß die Augen, um Mut zu fassen. Jetzt, wo ihre Chance endlich gekommen war, fiel es ihr schwer, etwas zu sagen. Ihr Herz pochte, als hätte sie einen Vortrag vor einer Prüfungskommission zu leisten. Aber kein Vortrag konnte so wichtig sein wie die schlichten Worte, die sie jetzt gleich sagen würde.

»Ich liebe dich, Dugan.«

Ein Muskel an seinem Kinn zuckte. »Sag es noch einmal. Ich möchte sicher sein, daß ich richtig gehört habe.«

»Ich sagte, ich liebe dich.«

Dugan trat ein und schlug mit dem Stiefelabsatz die Tür zu. Ein fast törichtes Grinsen huschte über sein Gesicht. Er trat einen Schritt vor, hielt wieder inne, und sein Lächeln wich einem Stirnrunzeln. »Die Vergangenheit ist vergeben und vergessen?«

Claire streckte beide Hände nach ihm aus. »Welche Vergangenheit?«

Er lachte. »Etwa vierzehn Jahre und eine Menge Ärger.«

»Vergeben und vergessen. Nichts könnte schlimmer sein, als den Rest meines Lebens ohne deine Liebe zu verbringen.«

Mit drei Schritten war Dugan bei ihr und setzte sich auf die Matratze. Eine kleine Ewigkeit blieb er nur dort sitzen und schaute Claire forschend in die Augen, bevor er seine Hand auf ihre Brust legte. »Liebst du mich auch hier – im Herzen?«

»Mit Herz und Seele.« Sie richtete sich auf und schlang die Arme um seinen Nacken. »Und mit meinem Körper. Ich sterbe, wenn du mich jetzt nicht liebst, Dugan.«

Zärtlich legte er die Hände um ihr Gesicht und schaute ihr in die Augen. »Ich hätte nicht gedacht, daß ich das je wieder von dir hören würde. Ich bin so erregt, daß ich ... Ach, verdammt, komm her!«

Wie Claire legte auch er die ganze Frustration zu vieler schlafloser Nächte in den ersten Kuß. Sie hatte von einer solchen Umarmung geträumt, doch bis zu diesem Augenblick war ihr nicht bewußt gewesen, warum ihr Leben so leer gewesen war. All diese Jahre hatte sie sich danach gesehnt, Dugan wieder zu berühren, sich ihm mit Herz und Seele hinzugeben.

Draußen auf der Weide muhte eine Kuh. Die Nachmittagssonne glitt zum westlichen Horizont hinüber. Auf der anderen Seite des Hauses lag das Baby in seiner Wiege und saugte an seinen kleinen Fäustchen, während seine Mutter friedlich an seiner Seite schlummerte.

Claires ganze Aufmerksamkeit galt Dugan. Nicht einen Moment dachte sie an ihre eigenen Wünsche und Bedürfnisse, sie konzentrierte ihr Herz nur auf den geliebten Mann, der ihren bebenden Körper mit seinem bedeckte und sie tief in die weiche Matratze drückte.

Zwölf Jahr Einsamkeit und Frustration entluden sich in ihrem ersten ungestümen Kuß. Claire wimmerte an

Dugans Mund, aber es war kein Schmerz, was er darin erkannte, sondern das verzweifelte Bedürfnis, ihm noch näher zu sein, ihn noch intimer zu berühren.

Nur Sekunden waren verstrichen, seit sie ihm gestanden hatte, was er im Herzen schon seit Wochen wußte. Aber sie zitterte bereits, und ihre Hände zerrten ungeduldig an seinem Hemd.

»O Dugan, du hast mir so gefehlt!«

»Ich weiß. Ich denke seit zwölf Jahren an nichts anderes, als dich endlich wieder so in meinen Armen zu halten.«

»Ist die Tür verschlossen?«

»Worauf du dich verlassen kannst.«

»Gut.« Sie bewegte sich unter ihm und schob die Hände unter sein Hemd, um die harten Muskeln an seinem Rücken zu liebkosen.

Er rollte sich so herum, daß Claire rittlings auf ihm saß. Ob sie wohl den pinkfarbenen Slip trug, der heute morgen von der Duschstange verschwunden war? Er konnte es kaum erwarten, ihn ihr von ihrem schönen Körper abzustreifen.

Noch nicht, alter Junge. Nimm dich zusammen. Genieß diesen wundervollen Augenblick ...

Aber Claire, die süße, kleine Claire, öffnete die Knöpfe an seinem Hemd und bückte sich, um mit der Zunge über die Haut über seinem Nabel zu streichen. Er griff hinter ihren Kopf und nahm ihr die Perlenkette ab. Seine Hände glitten unter ihr seidenweiches Haar, und aufstöhnend vergrub er seine Finger in seiner schweren Fülle. Claire gehörte wieder ihm, mit Herz und Seele. Er hoffte nur, stark genug zu sein für die überwältigende Lust, die ihn erwartete.

»Hm, du schmeckst noch genauso gut wie früher«, murmelte sie, und ihr heißer Atem liebkoste seine Haut.

Da vermochte er sich nicht mehr länger zu beherrschen; eine wilde Gier, ihre nackte Haut zu berühren, erfaßte ihn, und er zog das T-Shirt aus ihrem Hosenbund und streifte es über ihren Kopf.

Claires volle Brüste drängten sich gegen die pinkfarbene Seide ihres knappen Büstenhalters. Nur ein winziger Verschluß hielt das Kleidungsstück vorn zusammen.

Mit zitternden Händen löste Dugan den Haken und entblößte ihre festen Brüste.

Claire streifte die Träger ab und schleuderte den BH achtlos fort. Wo er landete, kümmerte Dugan nicht. Er wußte nur, daß er den Himmel in den Händen hielt, als er Claires üppige Brüste umfaßte.

Claire zog Dugan das Hemd aus und ließ es auf den Boden fallen. Mit einem lustvollen Stöhnen warf sie den Kopf zurück, als seine Daumen über die harten kleinen Knospen ihrer Brüste strichen, und krümmte den Rücken, als sie dort, wo ihre süße Qual am größten war, seine ungestüme männliche Erregung spürte.

»Ach, Claire, warum haben wir so lange gewartet?«

Langsam öffnete sie die Augen und strich lächelnd über Dugans Brust. Er stöhnte, als sie die Fingerspitzen darübergleiten ließ.

»Wir haben so lange gewartet, damit es so sein konnte ... So schön wie früher«, murmelte sie und senkte den Kopf, um seine Brustwarzen zu küssen. »Nein, viel besser noch.«

Er packte sie um die Taille, hob Claire hoch und legte sie sanft neben sich aufs Bett. Zuerst Claires Kleider, und dann seine eigenen. So wollte er es haben. Dann konnte er die Schönheit ihres nackten Körpers und ihr vor Erregung glühendes Gesicht bewundern, während er seine eigenen Kleider auszog.

Eins nach dem anderen fielen die Kleidungsstücke auf den Boden, seine Stiefel, Claires Jeans und seine. In den letzten Sonnenstrahlen knieten sie auf dem Bett und legten einander die Arme um den Nacken.

Eine Spur von Scheu verriet sich in Claires Blick.

Dugan wußte noch sehr gut, was sie erregte, was sie an den Rand der Ekstase brachte, und freudig führte er sie dorthin. Als er endlich in sie eindrang, war sie bereit für ihn und flehte ihn mit heiserer Stimme an, zu ihr zu kommen.

Ihre Vereinigung war stürmisch, aber es fehlte ihr auch nicht an Zärtlichkeit und Hingebung. Claire schrie im selben Moment auf, als Dugan die Beherrschung über sich verlor. Danach blieben sie in inniger Umarmung liegen, erschöpft und träge von diesem exquisiten Akt der Liebe zwischen Mann und Frau. .

»Es war das Warten wert«, murmelte Dugan und zog Claire noch fester an sich.

»Hm ... Das finde ich auch.«

»Sag es noch einmal.«

»Das finde ich auch.«

»Nein, das andere.«

Sie hob den Kopf und lächelte: »Ich liebe dich, Dugan. Ich habe dich immer geliebt, und ich werde dich immer lieben.«

»Dann sollten wir die verlorene Zeit schleunigst wieder aufholen«, murmelte er und schob seine Hand zwischen ihre sich willig öffnenden Schenkel.

Wenn die Zeit in Cancún für Claire und Dugan wie der Wind verflogen war, dann verstrich das Wochenende auf der Ranch mit Schallgeschwindigkeit.

Jedesmal, wenn Pamela Sue und ihr Baby schliefen, zogen Claire und Dugan sich in die Ungestörtheit seines Schlafzimmers zurück. Später, wenn sie sich geliebt hatten, kochten sie zusammen, wuschen ab und falteten sogar die winzigen Babysachen, die Lila zur Farm gebracht hatte.

Dugan beschrieb Claire, wie er seine Herde vergrößert und sie dann, als der Preis für Rindfleisch hoch genug war, verkauft hatte. Wie er Pferde gezüchtet und Baumwolle angepflanzt hatte, Süßkartoffeln, Erdnüsse und Weizen, und auf benachbarten Farmen bei der Ernte mitgeholfen hatte. Wenn es einen Dollar zu verdienen gab, hatte er es sich nie zweimal überlegt.

Claire erzählte ihm von ihrem Studium und den Streichen, die sie und ihre Kommilitoninnen sich auf der Universität geleistet hatten. Lachend beschrieb sie, wie sie sich einmal als Leiche auf einen Seziertisch gelegt und einen Professor dermaßen erschreckt hatten, daß er fast einen Herzanfall erlitt.

Wie sie nächtelang gebüffelt hatte, bis jede Zelle ihres Hirns voll war mit Namen von Körperteilen und medizinischen Fachbegriffen.

Es gab soviel aufzuholen in den vierundzwanzig Stunden, die ihnen noch vom Wochenende blieben.

»Ich muß dir ein Geständnis machen«, sagte Dugan am Samstag abend bei einer Tasse Kaffee im Wohnzimmer.

»Du hast in der Scheune eine andere Frau versteckt.«

»Mach keine Witze, Claire.«

Sie zuckte die Schultern. »Lila sagte, du würdest dich mit jemandem in Amarillo treffen.«

»Ach das. Sie war eigentlich mehr eine gute Freundin.«

»War?« fragte Claire betont.

»Ich habe sie nicht mehr gesehen, seit du zu dem Vorstellungsgespräch kamst. Nein, das ist nicht wahr – ich habe sie danach angerufen, um ihr von dir zu erzählen.«

»Gut. Für mich zumindest. *Sie* war bestimmt verärgert.«

»Ach, eigentlich war sie sehr verständnisvoll. Sie sagte, wann immer ich zu ihr kam, sei ich nie allein gewesen. Ich hätte in meinem Herzen immer dich dabeigehabt.«

Dugan setzte seine Kaffeetasse ab und nahm Claires

Hand. »Aber ich will nicht über sie sprechen. Ich habe andere Dinge, die ich mir von der Seele reden möchte.«

»Und die wären?«

»Zunächst einmal, daß es mir leid tut, dich so behandelt zu haben, als ob du nichts als dummes Zeug im Kopf hättest.«

Claire lachte. »Und wann war das?«

»Sehr oft. Aber vor allem, wenn ich dir Moralpredigten über deinen Umgang mit Geld hielt.«

»Ja, dafür solltest du dich entschuldigen.«

»Es tut mir wirklich leid, Claire.«

»Schon gut, Dugan. Ich kann verstehen, daß du dir Sorgen machst, vor allem, nachdem dein Großvater sich so stark verschuldet hatte. Aber ich bin nicht dein Großvater, Dugan. Ich habe all diese Jahre für mich selbst gesorgt. Es war kein luxuriöses Leben, aber ich kam zurecht.«

»Ich weiß. Ich hätte meinen großen Mund halten sollen.«

»Die Entschuldigung ist akzeptiert.«

»Glaubst du, Pamela Sue wäre imstande, für ihr Kind zu sorgen? Sie hat ja nicht einmal die Highschool abgeschlossen.«

»Es wird bestimmt nicht leicht sein«, gab Claire zu.

»Ich habe versucht, mit ihr zu reden. Aber sie wechselt jedesmal das Thema, wenn ich davon anfange. Was meint Lila dazu, daß sie bei ihr wohnt?«

»Es stört sie nicht, aber du kennst ja Lila. Sie würde einen Bus voller Waisenkinder aufnehmen, wenn ihr Budget es erlauben würde.«

»Ich bin fest entschlossen, Pamela Sue zu unterstützen. Das ist übrigens auch etwas, worüber ich mit dir reden wollte.«

»Und wie soll diese Unterstützung aussehen?«

»Ich werde ihr Geld geben und einen Treuhandfonds für das Baby einrichten.«

»Vorsicht. Das könnte Pamela Sue als Almosen auffassen.«

»Nicht, wenn das Baby Hunger hat.«

»Wir werden sehen«, murmelte Claire und schmiegte sich an Dugans Brust. »Bevor du morgen gehst, sprechen wir mit ihr.«

Tatsächlich war es dann Pamela Sue, die das Thema am Sonntag als erste anschnitt. »Ich habe nachgedacht«, begann die junge Mutter. »Über viele Dinge.«

»Worüber?«

»Hauptsächlich über Red.«

»Du wirst sie Red nennen?«

»Ich werde sie überhaupt nichts nennen.«

Claire wechselte einen besorgten Blick mit Dugan.

»Ich will nicht, daß Sie denken, ich liebte sie nicht«, sagte die junge Mutter mit Tränen in den Augen. »Ich liebe sie mehr als alles andere auf der Welt.«

Dugan beugte sich vor und stützte die Ellbogen auf die Knie. »Was versuchst du uns zu sagen, Prinzessin?«

»Daß ich mich entschieden habe, sie zur Adoption freizugeben.«

Dugan sprang auf. »Das ... das kannst du nicht!«

Pamela Sues Kinn zitterte. »Ich kann und werde es.«

»Aber Pamela Sue, wenn es wegen des Geldes ist, habe ich dir doch schon gesagt, daß ich dich unterstützen werde. Sag es ihr, Claire. Sag ihr, worüber wir gestern gesprochen haben.«

»Das stimmt«, bestätigte Claire. »Dugan will dir helfen.«

»Bedingungslos.«

Pamela Sue stand auf und trat ans Fenster. »Ich kann ihr nicht geben, was sie braucht.«

»Du kannst ihr Liebe geben. Das ist das Wichtigste«, sagte Claire.

»Aber was ist mit Kleidern, Büchern und einem Zuhause?«

»Lila sagte, du kannst solange bei ihr bleiben, wie du willst.«

»Achtzehn Jahre? Red wird mindestens solange ein Zuhause brauchen.« Ihre Stimme brach. »Ich will nicht, daß sie so wie ich endet. Ohne Zuhause. Mit nichts in ihren Taschen außer Träumen.«

»Warum wartest du nicht ein paar Wochen, bevor du dich entscheidest?« riet Claire. »Solche Depressionen nach der Geburt sind ganz normal. Dein Hormonhaushalt ist noch vollkommen durcheinander.«

»Ein paar Wochen werden nichts an meiner Entscheidung ändern«, erwiderte das Mädchen trotzig, und Claire mußte Pamela Sue insgeheim für das Opfer bewundern, das sie ihrem Kind zuliebe bringen wollte.

Aus dem Gästezimmer ertönte ein Wimmern, das sich rasch zu einem durchdringenden Geschrei steigerte. Claire stand auf, um das Baby zu beruhigen und ihren eigenen Schmerz zu lindern, den der bloße Gedanke mit sich brachte, die Kleine zu verlieren.

»Warte«, sagte Pamela Sue. »Ich gehe selbst.«

Weder Dugan noch Claire sagten etwas, als sie ging. Doch kaum war sie außer Hörweite, begann Dugan nervös durch den Raum zu schreiten. »Was hältst du davon?« fragte er und fuhr sich durch sein schwarzes Haar, das Claire vor einer Stunde erst geschnitten hatte.

»Sie ist jung, Dugan. Sie hat noch ihr ganzes Leben vor sich. Wenn dies ihre Entscheidung ist, müssen wir sie respektieren.«

»Ich kann den Gedanken nicht ertragen, daß Red irgendwo anders lebt, wo wir sie nicht mehr sehen können«, sagte er mit einem wehmütigen Blick auf das Gästezimmer. »Ich glaube, ich werde sogar heute schon todunglücklich sein, wenn Pamela Sue mit Lila in die Stadt zurückkehrt und du in dein Hotel.«

Als sie Pamela Sues leichte Schritte hörte, brachen sie die Unterhaltung ab. Die junge Mutter hielt ihr Baby auf dem Arm. Der kleine Engel trug einen gelben Strampelanzug, den Lila ihm gekauft hatte. Pamela Sue klopfte dem Säugling auf den Rücken, und Red machte ein Bäuerchen und steckte den Daumen in den Mund.

»Wie gesagt, ich habe lange nachgedacht«, fuhr Pamela Sue fort, als sie sich gesetzt hatte. »Ich bin erst sechzehn. Ich brauche eine Ausbildung, damit ich, wenn ich noch einmal ein Kind bekomme, auch für es sorgen kann.« Ihre Unterlippe zitterte. Claire widerstand dem Wunsch, zu ihr zu gehen und sie zu trösten.

»Dank Ihnen habe ich viel gelernt, Dr. Linwood. Sie haben mir Arbeit gegeben und mich Dinge gelehrt, die mir helfen werden, einen Job zu finden. Ich würde gern nach Albuquerque zurückkehren, die Schule beenden und mir Arbeit suchen. Und vielleicht sogar aufs College gehen.«

»Aber wovon willst du leben?« fragte Dugan.

»Es wird nicht leicht sein. Aber es wird schon irgendwie gehen. Eines Tages möchte ich Menschen helfen, wie Sie es tun, Dr. Linwood. Ich weiß nicht, ob ich intelligent genug bin, um Medizin zu studieren – aber Krankenschwester könnte ich ganz bestimmt werden.«

»Du kannst alles werden, was du willst«, sagte Claire.

»Ich will das Beste für Red.«

»Ich werde die Adoption einleiten, wenn du darauf bestehst«, sagte Claire. »Aber bitte, tu mir den Gefallen und warte wenigstens noch zwei Wochen ab. Wenn du es dir bis dahin nicht anders überlegt hast, gibt es sicher Hunderte von Ehepaaren hier in Texas, die liebevolle Eltern für Red abgeben würden.«

»Ich will nicht irgendwelche Eltern.«

»Das verstehe ich. Ich werde einen Anwalt damit beauftragen, ein gutes, liebvolles Zuhause für Red zu finden.«

»Sie verstehen nicht.«

Dugan runzelte die Stirn und setzte sich zu Claire aufs Sofa. Sie war froh, als er ihre Hand nahm und sie drückte, denn sie wollte Red genausowenig aus ihrem Leben verschwinden sehen wie er.

»Was verstehen wir nicht?« fragte er.

»Ich sagte, ich will nicht irgendwelche Eltern.« Lächelnd schaute sie auf ihr Kind herab, küßte es auf die Nasenspitze und überreichte es dann Claire.

»Was ich will«, sagte Pamela Sue, ohne Reds Händchen loszulassen, »ist, daß Sie und Dugan ihre Mama und Papa werden.«

11

»Du willst *was*?« rief Dugan fassungslos.

»Ich will, daß Sie und Dr. Linwood Reds Mama und Papa werden. Sie können sie Red nennen, wenn Sie wollen, oder ihr einen anderen Namen geben.«

»Eltern zu sein, erfordert mehr, als einen Namen auszusuchen«, erwiderte Claire, die noch wie betäubt von der Bitte der jungen Mutter war.

Pamela Sue wollte, daß Claire dieses entzückende kleine Wesen adoptierte. Und Dugan sollte Reds Vater werden. Die damit verbundenen Voraussetzungen waren außerordentlich ...

»Sie könnten es. Sie könnten gute Eltern sein. Ich habe Sie dieses Wochenende beobachtet und glaube, daß Sie Red genauso lieben wie ich.«

»Selbst dann ...« begann Claire zu widersprechen.

»Und Red wäre das glücklichste Kind der ganzen Welt. Zwei große Häuser, zwischen denen sie wählen kann.«

»Du übersiehst etwas«, sagte Claire, aber noch während sie den Einwand machte, drückte sie den Säugling ganz unbewußt noch fester an ihre Brust.

»Und was soll das sein?«

»Dugan und ich sind nicht verheiratet.«

»Und?«

»Und deshalb wäre es ein bißchen schwierig, sie zu adoptieren.«

»Ich habe vielleicht noch keinen Highschoolabschluß, Dr. Linwood, aber ich bin nicht dumm.«

»Niemand hat das gesagt, Prinzessin«, warf Dugan begütigend ein. »Du bist alles andere als dumm.«

»Und ich sehe mehr, als Sie vielleicht glauben.«

»Was soll das heißen?« fragte Claire.

»Ich kann sehen, daß Sie Dugan lieben und er Sie liebt.« Pamela Sues Stimme zitterte. »Ich hoffe, daß ich eines Tages auch das Glück habe, mich in einen Mann zu verlieben, der meine Gefühle erwidert.«

Claire richtete den Blick auf Red und strich ihr über das flaumige Haar, um Dugan nicht ansehen zu müssen. Sie wußte, vor allem nach diesem Wochenende, wie sehr er sich ein Kind wünschte. Hatte sie ihm nicht selbst gesagt, daß er ein wundervoller Vater wäre? Und er hatte ihr während der vergangenen Wochen auf vielerlei Arten zu verstehen gegeben, daß er gern einen neuen Anfang mit ihr machen würde.

Aber er hatte sie nicht gebeten, ihn zu heiraten. Nicht einmal, nachdem sie ihm gesagt hatte, daß sie ihn liebte, und selbst dann nicht, nachdem sie nicht nur einmal, sondern einige Male miteinander geschlafen hatten. Wenn er sie jetzt fragte, durfte sie ihm dann überhaupt glauben, daß er sie wieder zur Frau wollte? Oder wollte er durch eine Ehe mit ihr nur Vater werden?

»Claire und ich müssen noch viel klären, bevor wir eine Heirat in Betracht ziehen können«, sagte Dugan und bestätigte damit Claires Verdacht. »Wir können dir nicht garantieren, daß wir je wieder zusammenfinden werden.«

Dugans Worte schmerzten. Claire wollte, daß er Pamela Sue versprach, über ihren Vorschlag nachzudenken. Daß er ihr sagte, er würde mit ihr, Claire, darüber sprechen. Aber sie wäre auch schon zufrieden gewesen, wenn er sich einfach neben sie gesetzt und ihr gesagt hätte, daß es das Wichtigste für ihn war, daß sie seine Frau wurde – und sie später, falls sie zustimmte, über Pamela Sues Bitte reden würden.

Aber er stand bloß da, die Hände in die Hüften gestützt, und starrte aus dem Fenster, als versuche er zu entscheiden, ob er Claire wieder zur Frau wollte.

Na schön, dann würde sie ihn eben aus der peinlichen Situation erlösen und sich selbst den Schmerz einer weiteren Zurückweisung ersparen.

»Da ist noch etwas anderes zu bedenken«, sagte sie.

»Was?« fragte Pamela Sue.

»Ich habe dich eingestellt und dafür gesorgt, daß du während deiner Schwangerschaft eine Arbeit hattest. Dann habe ich Red entbunden. Man könnte mir vorwerfen, dich manipuliert zu haben, um ...« Sie hielt inne, weil es schlicht abscheulich war, was sie zu sagen hatte. »Damit ich dein Baby kaufen konnte.«

»Das ist ja lächerlich!« rief die junge Mutter empört.

»Ich bin nicht sicher, ob irgendein Richter dir darin zustimmen würde«, sagte Claire, obgleich sie sich inständig wünschte, das Kind, das sie in ihren Armen hielt, aufzuziehen. Mit dem Mann, den sie liebte.

Dugan.

Als sie aufschaute, sah sie, daß er seine nervöse Wanderung durch den Raum wieder aufgenommen hatte. Als die Unterhaltung verstummte, blieb er abrupt stehen, verschränkte die Arme vor der Brust und musterte Claire aus schmalen Augen.

Was hatte sie getan, um einen so kalten, prüfenden

Blick zu verdienen? Als wolle auch sie ihren Teil beitragen, schwenkte Red die Arme und begann zu schreien.

»Psst, beruhige dich«, murmelte Claire und hob die Kleine hoch. »Du bist müde, nicht?« fragte sie und stand auf. »Ich werde sie hinlegen. Wir können später weiterreden.«

»Ich habe Hunger«, verkündete Pamela Sue, als hätte sie nicht gerade die wichtigste Bekanntmachung ihres Lebens gemacht. »Darf ich mir etwas aus dem Kühlschrank nehmen?«

Essen, dachte Dugan. Wie konnte das Mädchen in einem solchen Augenblick an Essen denken? Aber ihr Hunger lieferte ihm einen Vorwand, das Zimmer zu verlassen.

»Setz dich. Ich hole dir etwas«, sagte er und ging zur Küche.

Als Pamela Sue ihre Bombe, das Kind zur Adoption freigeben zu wollen, hatte fallen lassen, hätte er am liebsten mit der Faust an die Wand geschlagen. Dieser kleine Engel war jetzt ein Teil von ihm. Pamela Sue konnte Red nicht einfach weggeben.

Ihm war klar, daß er nicht der Vater war, ja daß er nicht einmal mit Pamela Sue oder ihrem Kind verwandt war. Er hatte auch nicht vorgehabt, den richtigen Vater zu ersetzen, aber er ertrug den Gedanken nicht, daß Fremde die Kleine Gott weiß wohin mitnahmen.

Als Pamela Sue dann gesagt hatte, sie wolle, daß er und Claire Reds Eltern wurden, hatte es ihm die Sprache verschlagen. Einen flüchtigen Moment lang hatte er geglaubt, sie sei ein Engel, der vom Himmel herabgestiegen war mit dem einzigen Geschenk, das er und Claire einander nicht mehr geben konnten – einem Kind.

In der sicheren Erwartung, Freudentränen über ihre Wangen strömen zu sehen, hatte er sich zu Claire umgewandt und damit gerechnet, daß sie ihn jetzt umarmen und Pamela Sue versichern würde, sie werde ihre Entscheidung nicht bereuen. Statt dessen hatte sie ihn gemieden, als wenn er sich in Kuhmist gewälzt hätte. Dann, um dem Ganzen noch die Krone aufzusetzen, hatte sie auf diesen dummen Vorwand mit der Berufsethik zurückgegriffen.

Verdammt, wenn sie Red wirklich wollte, würde sie schon einen Weg finden, die Gerichte zu überzeugen. Dugan war bereit, seine Herde zu verkaufen und den besten Anwalt im ganzen Staat zu engagieren, wenn es sein mußte.

Was war der wahre Grund für Claires Bedenken? Liebte sie ihn nicht genug, um ihn zu heiraten? War ihr gemeinsames Wochenende nichts anderes als guter Sex für sie gewesen?

Er bekam die Antworten auf diese Fragen nicht. Zumindest nicht von Claire. Sie machte sich rar für den Rest des Nachmittags, bis Lila gegen fünf Uhr kam. Sie brachte einen Kindersitz für Red mit und einen Eintopf für das Abendessen.

»Wo ist meine Süße?« fragte sie Dugan. »Ich kann es kaum erwarten, sie mit heimzunehmen.« Verwundert schaute sie sich im leeren Zimmer um. »Wo sind die anderen?«

»Was weiß ich«, entgegnete er düster.

Lila umarmte ihn. »Ach, komm. Es ist nicht das Ende der Welt. Sie wird zurückkehren.«

»Wer?« fragte Dugan.

»Na, Claire natürlich.«

»Oh, Claire.«

Lila betrachtete ihn aus weisen Augen. »Habt ihr euch gestritten?«

Dugan wollte nicht derjenige sein, der ihr von Pamela Sues Adoptionsplänen erzählte. Ihm war überhaupt nicht nach Reden, und so schützte er Arbeit vor und machte sich auf den Weg zur Scheune.

Das Abendessen war eine Katastrophe. Nicht das

Gulasch. Das war schmackhaft wie gewöhnlich. Aber das Schweigen am Tisch war schlimmer als nach einem Begräbnis. Als Dugan es nicht ertrug, versuchte er, Konversation zu machen.

»Was macht das neue Haus, Doc?«

»Es wächst«, erwiderte sie und tupfte sich verstohlen mit der Serviette über die Augen. Weinte sie etwa?

»Dann wirst du sicher bald Möbel kaufen.«

Sie atmete tief aus und schaute auf. »Ich habe einen Innenarchitekten damit beauftragt.«

»Wen?« fragte er, um das Gespräch nicht abbrechen zu lassen.

»Jemanden aus Dallas.«

»Du hättest den Auftrag auch jemandem aus Sierra geben können. Rebecca Torrington oder Jamie Hurst«, bemerkte er.

»Ich hatte Angst, daß es böses Blut geben würde, wenn ich einen dem anderen vorgezogen hätte.«

Dugan schüttelte den Kopf. »Du hättest den Auftrag zwischen den beiden teilen können, Doc.«

Claire warf ihm einen vernichtenden Blick zu.

Lila klopfte mit dem Löffel an ihren Teller. »Würde mir bitte jemand sagen, was hier vorgeht? Ich komme mir vor wie in einem Tiefkühlschrank.«

Schweigen.

»Schmeckt das Gulasch nicht?«

»Es ist köstlich«, sagte Claire und starrte auf ihren Teller.

»Muß ich es euch erst aus der Nase ziehen?« beharrte Lila.

Pamela Sue hob den Kopf und schaute zuerst Claire, dann Dugan an. »Sie sind böse auf mich.«

»Warum?«

»Weil ich Red zur Adoption freigeben will«, gestand das Mädchen tapfer.

»Du willst *was*?« rief Lila.

»Ich will, daß Red ein gutes Zuhause hat, mit einer Mutter und einem Vater.«

»Red? Wer ist Red?«

»Dugan hat das Baby Red getauft«, erklärte Claire.

»Ein schöner Name für so ein kleines Ding! Aber wie auch immer – wieso dieser plötzliche Entschluß, dein Baby fortzugeben?« fragte sie Pamela Sue. »Du kannst bei mir leben, solange du willst.«

»Achtzehn Jahre?« entgegnete das Mädchen, und Dugan lauschte erneut der Unterhaltung, die sie vorher schon geführt hatten.

Als Pamela Sue von ihrem Wunsch sprach, daß Claire und Dugan ihre kleine Tochter adoptieren sollten, ließ Lila sich verblüfft zurücksinken. Das einzige, was sie dazu zu sagen hatte, war ein »Oh!«

»Es gibt da gewisse Hindernisse«, meinte Claire, während sie mit der Fingerspitze Kreise auf dem Tischtuch malte.

»Und die wären?«

»Meine ärztliche Berufsethik zum Beispiel.«

Wie Pamela Sue, winkte auch Lila ab. »Was noch?«

»Das Offensichtliche«, murmelte Claire.

»Ach ja. Und?« beharrte Lila.

»Und deshalb habe ich Pamela Sue gebeten, noch zwei Wochen über ihre Entscheidung nachzudenken«, erklärte Claire. »Wenn sie es sich dann nicht anders überlegt hat, werden wir die nötigen Schritte in die Wege leiten.«

Zum zweiten Mal in seinem Leben fühlte Dugan, wie ihm alles zwischen den Fingern zerrann, was ihm lieb und teuer war. Bis Pamela Sues Bekanntmachung wäre er bereit gewesen, seinen preisgekrönten Bullen darauf zu verwetten, daß Claire den Antrag annehmen würde, den er ihr machen wollte, sobald alle anderen gegangen waren.

Jetzt war er sicher, daß Claire die erste sein würde, die nach dem Essen aus der Tür stürzte. Er schaute über die

Schulter zum Fenster hinüber. Die Sonne war bereits untergegangen. In dem schwachen Licht konnte er kaum den Engel sehen, der Angelas Grabstein schmückte.

Zwei wundervolle Tage lang hatte Red die Leere gefüllt, die Angelas Tod in seinem Herzen hinterlassen hatte ... Sein Blick glitt zu Claire. Sie saß da und starrte ihn mit kummervollem Ausdruck an.

Ach, Claire, könntest du mir nicht verzeihen? Könntest du nicht jetzt, wo es darauf ankommt, den Schmerz vergessen und mir wieder dein Vertrauen schenken?

Eine Woche war vergangen, seit Pamela Sue und Red heimgekommen waren. Claire hatte Dugan zweimal in der Stadt gesehen, aber er hatte nur die Stirn gerunzelt, sich flüchtig an den Hut getippt und sie ansonsten ignoriert. Aber er war jeden Tag bei Pamela Sue und ihrem Kind gewesen. Und Lila hatte dafür gesorgt, daß Claire es jedesmal erfuhr.

Am Sonntag nach der Kirche flitzte Lila durch die Küche, setzte Wasser auf, füllte Babyfläschchen und erzählte Claire von Dugans letztem Besuch bei Red.

»Was ist dort draußen geschehen?« fragte sie schließlich, als Claire sich mit keinem Wort zu diesen Besuchen äußerte. »Als ich euch die Babysachen brachte, war noch alles in bester Ordnung. Und das nächste Mal komme ich, um die junge Mutter abzuholen, und – wow! – da dachte ich, ich bin in einem Tiefkühlschrank gelandet!«

»Es war alles bestens, bis Pamela Sue uns von ihren Adoptionsplänen erzählte.«

»Was soll das heißen: alles bestens?«

Claire starrte in ihren Kaffee. Die bittersüßen Erinnerungen an die guten Zeiten mit Dugan schnürten ihr fast die Kehle zu. »Ich ... ich habe nie aufgehört, Dugan zu lieben. Und das habe ich ihm gesagt. Wir ... kamen uns näher. Richtig nahe.«

»Und warum ist das jetzt vorbei?«

»Ich wünschte, ich wüßte es.«

»Hast du versucht, mit ihm zu reden?«

»Er sagt mir kaum die Tageszeit.«

»Nun, das werden wir ja sehen.«

Claire streckte die Hand nach ihrer Tante aus. »Misch dich bitte nicht ein, Tante Lila. Es ist nicht deine Sache.«

»O doch, das ist es, wenn die Menschen, die ich liebe, unglücklich sind.«

»Manchmal kann man nichts am Unglück anderer Leute ändern.«

»Und manchmal kann man es«, beharrte Lila mit einem Funkeln in den Augen, das Claire beunruhigte.

»Du könntest aber etwas anderes für mich tun«, meinte sie rasch.

»Du brauchst nur zu sagen, was.«

»Falls Pamela Sue es sich mit der Adoption nicht anders überlegt, wäre ich dir sehr dankbar, wenn du die nötigen Schritte dafür in die Wege leiten könntest, Tante Lila.«

»Ich?«

Claire nickte und verdrängte die Tränen, die in ihren Augen aufstiegen. »Ich glaube einfach nicht, daß ich dazu imstande wäre.«

Lila seufzte. »Ich weiß, was du meinst. Es erscheint mir auch nicht richtig, dieses süße Baby fortzuschicken, wenn es hier in Sierra Leute gibt, die die Kleine lieben«, sagte sie kopfschüttelnd.

Zehn Tage, nachdem Claire, Pamela Sue und Red in die Stadt zurückgekehrt waren, fällte Dugan einen Baum, in den im Frühjahr der Blitz geschlagen war. Spätestens in einem Monat würde das kalte Wetter einsetzen, und er konnte das zusätzliche Brennholz gut gebrauchen.

Außerdem mußte er unbedingt etwas mit seinen Händen tun, um dem Ärger Luft zu machen, der sich schon seit Tagen in ihm aufstaute.

Während Dugan Scheite spaltete, hob Lazy Boy, der im Schatten des wachsenden Holzstoßes lag, den grauen Kopf und winselte.

»Was ist, alter Junge?«

Der Hund hob schnüffelnd die Nase und schaute nach Westen.

Eine Staubwolke stieg dort am Horizont auf. Dugan hielt inne, legte die Axt über die Schulter und lauschte, in der Hoffnung, das sanfte Schnurren von Claires Lincoln zu vernehmen.

Aber der Motor dieses Wagens stotterte, und selbst aus der Ferne konnte Dugan das Quietschen der Stoßdämpfer hören, die dringend erneuert werden müßten.

Es war also nicht Claires Lincoln, sondern Lilas altersschwacher Kombi.

Die alte Dame brachte den Wagen abrupt zum Stehen und stieg mit der Behendigkeit eines erheblich jüngeren Menschen aus.

Dugan näherte sich ihr lächelnd. »Hallo, Lila. Was bringt dich her?«

»Dummköpfe.«

Dugan lachte. »Wie bitte?«

»Ich sagte, Dummköpfe. Und du, mein Lieber, bist einer von ihnen.«

»Was habe ich diesmal angestellt?« scherzte er und hob abwehrend die Hände.

»Nimm die Hände runter. Ich schlage keinen Mann, der doppelt so groß wie ich ist. Ich will mich bloß mit dir hinsetzen und in Ruhe mit dir reden.«

»Worüber?«

Lila schnaubte sehr undamenhaft. »Na bitte, da siehst du es! Habe ich nicht gesagt, daß du ein Dummkopf bist?«

»Lila ...«

»Schon gut, schon gut. Ich bin hier, um über Claire zu reden.«

»Geht es ihr gut?«

»Natürlich nicht.«

»Was ist mit ihr?« fragte er und hoffte, daß sein Stolz ihn nicht davon abgehalten hatte, ihr in einer Notlage beizustehen.

»Sie ist todunglücklich.«

»Sie und alle anderen«, knurrte er und schwang die Axt, um ein weiteres Stück Holz zu spalten.

»Wenn du der kluge junge Mann wärst, für den ich dich gehalten habe, würdest du jetzt sofort in deinen Wagen steigen und in die Stadt fahren, um mit Claire zu reden.«

»Worüber?«

Lila verdrehte die Augen. »Großer Gott, Dugan, muß ich dir wirklich erst alles buchstabieren?«

»Du sprichst in Rätseln, Lila.«

»Dugan, Dugan, wo ist nur dein Verstand geblieben? Claire ist unglücklich, weil sie dich liebt.«

»Hat sie das gesagt?«

»Allerdings.«

»Wann?«

»Nachdem Pamela Sue und das Baby wieder bei mir waren.«

»Was hat sie noch gesagt?«

»Daß alles bestens war, bis Pamela Sue anfing, von Adoption zu reden. Und daß dann auf einmal alles den Bach hinunterging.«

»Das hat sie gut gesagt«, murmelte Dugan, hob das Scheit auf und legte es auf den Holzstapel.

»Warum?« wollte Lila wissen. »Wie ist es dazu gekommen?«

Dugan zuckte die Schultern. »Ich weiß es nicht. Warum fragst du nicht Claire?«

»Das habe ich. Sie sagte, ich solle dich fragen. Und du

müßtest doch inzwischen eine Ahnung haben, was schiefgelaufen ist.«

»Ich weiß nur, daß ich, als Pamela Sue sagte, Claire und ich sollten ihr Baby adoptieren, der sicheren Überzeugung war, es sei jetzt endlich unsere Zeit gekommen. Daß wir jetzt heiraten und das Baby haben könnten, das wir uns beide so gewünscht hatten. Jahrelang hatte ich ein schlechtes Gewissen, weil Claire keine Kinder mehr bekommen konnte. Und dann legte das Schicksal uns plötzlich eins in den Schoß, doch Claire erstarrte zu Eis und sagt, nein, danke.«

»War es das, was sie gesagt hat – nein, danke?«

Wieder zuckte er die Schultern. »So ungefähr.«

»So wie ich es verstanden habe, waren es aber eher moralische Bedenken, die sie äußerte«, wandte Lila ein.

Dugan winkte ab. »Du weißt so gut wie ich, daß ein guter Anwalt all diesen Quatsch mit der Berufsethik aus dem Wege räumen könnte.«

»Du bist ein Narr!«

»Ich ... Wie hast du mich genannt?«

»Einen Narren. Begreifst du es denn wirklich nicht? Claire hat jahrelang geschuftet und gebüffelt, um Ärztin zu werden, und darf nichts tun, was sie in Gefahr bringen könnte, zu verlieren, was sie sich so mühevoll geschaffen hat. Und im übrigen hatte sie dir gesagt, daß sie dich liebt, bevor diese Geschichte mit der Adoption begann. Und du – was hast *du* getan?«

»Kannst du dir das nicht vorstellen?« versetzte Dugan trocken.

»Ich meinte nicht, mit ihr zu schlafen. Ich wollte wissen, ob du ihr die berühmte Frage gestellt hast.«

»Nein, aber das wollte ich tun, sobald du mit Pamela Sue und Red abgefahren warst.«

Lila schnalzte mit der Zunge. »Ein schlechtgewählter Zeitpunkt, wenn du mich fragst. Wenn ich an Claires Stelle wäre, würde ich das jedenfalls so empfinden.«

»Ich wollte nicht drängen«, verteidigte Dugan sich. »Verdammt, Lila, ich habe ihr schon in Cancún gesagt, daß ich sie liebe! Ich sage ihr nun schon seit Wochen, daß ich sie wieder an meiner Seite haben will!«

»Aber hast du auch von Heirat gesprochen?«

»Nun ja ... nicht direkt.«

»Gut, dann muß ich es dir eben auf andere Weise begreiflich machen. Versuch doch bitte einmal, in Claires Haut zu schlüpfen.«

So heftig, wie Dugan sie begehrte, dürfte das nicht allzu leicht sein. Aber er versuchte es trotzdem. »Ich werde mich bemühen.«

Lila nickte.

»Sie hat dich von ganzem Herzen geliebt, und du hast es ihr gebrochen. Du hast sie fortgeschickt.«

»Sie sagte, sie hätte es mir verziehen.«

»Aber sie kann es nicht vergessen, nicht?«

»Vielleicht kann sie das, aber ich kann nicht ändern, was ich getan habe.«

»Jetzt schluckt sie ihren Stolz und kehrt in die Stadt zurück, um sich hier als Ärztin niederzulassen, was schon immer ihr größer Wunsch gewesen war. Aber das ist nicht leicht, denn du bist hier, und sie hat starke Erinnerungen, gute und schlechte. Und du lungerst in der Stadt herum, sagst ihr schöne Worte, berührst sie und umschmeichelst sie, bis sie so verwirrt ist, daß sie kaum noch einen klaren Gedanken fassen kann.«

»Weiter«, bat Dugan, weil er allmählich ein Gespür dafür bekam, wie Claire sich fühlen mußte.

»Und dann fliegt ihr zusammen nach Cancún. Und du verliebst dich wieder.«

Dugan schüttelte den Kopf. »Ich brauchte mich nicht neu in sie zu verlieben. Ich habe niemals aufgehört, Claire zu lieben.«

»Ach, sei still ... Dann, als nächstes, seid ihr zwei hier draußen, und hier an dem Ort, wo Angela gestorben ist, bringt ihr Pamela Sues Kind zur Welt. Claires Gefühle sind aufgewühlt wie ein Tornado.«

»Ihr spielt ein paar Tage trautes Heim, komplett mit einem süßen kleinen Baby, von dem ihr beide nicht die Hände lassen könnt. Dann, von einem Moment zum anderen, wirst du kühl wie eine Gurke. Claire sieht, wie sehr du dir ein Baby wünschst. Sie weiß, daß sie dir keins schenken kann. Und deshalb nimmt sie an, daß du ohne Kind auch keine Ehe willst.«

Lila räusperte sich. »Ihr fühlt einige ganz besondere Momente, aber du bittest Claire noch immer nicht, deine Frau zu werden. Sie nicht zu bitten, wäre nicht so schlimm gewesen, wenn die Geschichte mit Red nicht dazwischengekommen wäre.«

»Glaubst du etwa, ich wollte sie nur heiraten, um Reds Daddy sein zu können?«

»Es geschehen noch Zeichen und Wunder! Endlich beginnst du zu verstehen.«

»O Gott«, murmelte Dugan und verfluchte sich für seine Gefühllosigkeit.

»Sie bringt ihre Berufsethik als Ärztin ins Gespräch, weil sie dich nicht fragen will, ob du vorhast, sie zu heiraten. Du hörst, was sie zu sagen hat, und nimmst das Schlimmste an, ohne mit ihr zu sprechen. Du gibst dem armen Mädchen keine Chance, dir zu erklären, wie sie darüber denkt. Genau wie damals, als du sie fortgeschickt hast, Dugan, glaubst du zu wissen, was sie denkt, ohne es je wirklich erfahren zu haben. Und so hast du eine Entscheidung getroffen, die zu treffen du kein Recht hattest – daß ihr heiraten würdet, um Red als euer eigenes Kind aufzuziehen.«

»Und dabei hatte ich geschworen, es nie wieder zu tun«, sagte Dugan, der sich plötzlich wie ein erbärmlicher Schuft vorkam.

»Nun, und deshalb bin ich der Meinung, daß du einiges wiedergutzumachen hast.«

»Darf ich dich etwas fragen, Lila?« sagte er, weil ihm eine Idee gekommen war.

»Nur zu.«

»Will sie Red adoptieren?«

»Hast du je daran gezweifelt?«

»Eigentlich nicht«, meinte Dugan und rieb sich nachdenklich den eine Woche alten Bart. »Also brauche ich jetzt im Grunde nur noch einen Weg zu finden, um die Sache wieder in Ordnung zu bringen.«

»Beeil dich lieber«, warnte Lila. »Dir bleiben nur noch zwei Tage, bis Pamela Sue ihre Entscheidung trifft. Und so, wie es aussieht, ist sie fest entschlossen, Red zur Adoption zu geben. Wenn nicht an dich und Claire, dann an irgendeine andere Familie.«

12

Dugans erster Impuls war, in den Wagen zu springen, um nach Sierra zu fahren und Claire in die Arme zu nehmen und zu küssen, bis ihr Hören und Sehen verging – ob sie nun gerade einen Patienten behandelte oder in Imogenes Café beim Essen saß. Und danach würde er ihr sagen, daß sie sich morgen trauen lassen würden und sich auf keinen Widerspruch einlassen ...

O nein, verdammt – das wäre genau das Falsche in dieser Situation! Er traf schon wieder Entscheidungen für Claire, setzte schon wieder zuviel zu schnell voraus, ohne sie gefragt zu haben, wie *sie* darüber dachte.

Aber was konnte er denn tun? Ihr eine Weile den Hof machen und sie dann erst fragen?

Nein, dazu blieb ihm keine Zeit. Nicht, wenn er ihr – ihnen – die Chance geben wollte, das Baby zu adoptieren, das sie sich beide so verzweifelt wünschten.

Er mußte einen Weg finden, Claire begreiflich zu machen, wieviel sie ihm bedeutete. Ob sie Red nun adoptieren würden oder nicht – das Wichtigste war, ihr klarzumachen, daß er in erster Linie *sie* an seiner Seite haben wollte.

Lazy Boy, sein treuer Gefährte in guten wie in schlechten Jahren, rieb sich an seinem Bein und winselte. Auch er schien den drohenden Verlust zu spüren.

»Diesmal werde ich es nicht verpatzen, alter Junge.« Dugan bückte sich, um den dicken, runden Bauch des alten Hundes zu streicheln. »Nimm es mir nicht übel, aber ich habe nicht vor, zwölf weitere Jahre hier allein zu verbringen, mit bloß einem faulen alten Hund, um mir das Bett zu wärmen.«

Lazy Boy fuhr mit seiner langen, feuchten Zunge über Dugans Gesicht und lächelte. Ja, das war ganz eindeutig ein Lächeln, zu dem sich Lazy Boys ergrauendes Gesicht verzog. Plötzlich kam Dugan ein Gedanke, und geistesabwesend streichelte er den Kopf des Hundes, während er in die Ferne starrte und über die verschiedenen Möglichkeiten nachdachte.

»Weißt du, alter Junge, es könnte klappen«, sagte er dann laut. »Es dürfte zwar einen Haufen Geld kosten, aber was ist all das schon wert –« er machte eine weitausholende Handbewegung –, »wenn ich es nicht mit Claire teilen kann?«

Als ihm einfiel, daß er sein Sparkonto in Cancún erschöpft hatte und der Rest seines Geldes in Wertpapieren angelegt war, begann er sich zu fragen, woher er die nötigen Mittel so rasch beschaffen sollte.

»Ach was! Ich leihe mir einfach das verdammte Geld, wenn es nicht anders geht!«

Lazy Boy stürzte in einem ziemlich schnellen Trab davon. Als er sich über die Schulter noch einmal zu seinem Herrchen umschaute, lachte Dugan und folgte seinem treuen alten Jagdhund.

»Keine Angst, mein Junge. Ich bin dir weit voraus. Ich muß rasch ein paar Anrufe erledigen, und die Zeit rennt mir davon. Ich kann nur hoffen, daß ich nicht zu lange gewartet habe.«

In Ermangelung einer besseren Beschäftigung saß Claire an diesem Samstagmorgen an ihrem Schreibtisch, sortierte die Post und starrte mit düsterem Blick auf den Kalender, der aufgeschlagen vor ihr lag.

Morgen war der Tag. Sonntag. Am Sonntag waren die zwei Wochen vergangen, in denen Pamela Sue sich ihre Entscheidung noch einmal gründlich überlegen wollte. Doch ganz gleich, wie sie auch ausfallen mochte, Claire würde in jedem Fall die Möglichkeit verlieren, das Kind zu adoptieren, das sie sich so sehnlichst wünschte . . . die kleine Red.

Claire öffnete die Schreibtischschublade und nahm liebevoll das rüschenbesetzte Kleid heraus, das sie in Sierras neueingerichtetem Antiquitätengeschäft für Red gekauft hatte. Pamela Sue wollte Red morgen nach der Messe taufen lassen, und Claire hatte versprochen, das richtige Kleid für sie zu finden.

Traurig befingerte sie die antike Spitze an den Ärmeln und am Saum. Der zarte, fast durchsichtige Stoff war vor etwa hundert Jahren von einem anderen Kind zur Taufe getragen worden. Red würde wunderschön aussehen in diesem langen, fließenden Gewand.

Der Gedanke an die morgige Zeremonie deprimierte Claire. Es war durchaus möglich, daß das Ereignis sich als Reds Abschiedsparty erweisen würde. Die Vorstellung trieb ihr die Tränen in die Augen.

Es war nicht fair, daß sie gezwungen war, Abschied zu nehmen von einem weiteren Kind, das sie ins Herz geschlossen hatte. Ihre Augen verschwammen, und sie griff nach einem Taschentuch. Sie durfte das Taufkleid nicht mit ihren Tränen beflecken. Aber heute durfte sie wenigstens noch weinen. Morgen – morgen würde sie lächeln müssen an Reds großem Tag.

Geh zu Dugan. Sag ihm, daß du ihn heiraten willst. Erspar dir diesen Schmerz.

Nein. Ganz gleich, wie sehr sie sich wünschte, die Mutter dieses süßen Kinds zu sein, Red durfte nicht der Grund für eine neue Ehe zwischen ihnen sein.

Selbst wenn sie ein Scheitern noch einmal riskieren könnte, durfte sie es Pamela Sues Kind nicht antun. Die Kleine verdiente Eltern, die in erster Linie füreinander da waren. Diese Kraft würde ihre Ehe in schwierigen Zeiten zusammenhalten.

Claire faltete das Kleidchen und legte es in die Schublade zurück. Sie hatte versprochen, sich die Kachelmuster für ihr neues Haus anzusehen. Nach einiger Überlegung hatte sie dem Innenarchitekten in Dallas abgesagt und die beiden einheimischen beauftragt, wie Dugan ihr geraten hatte. Die Kacheln waren in Ordnung. Die Böden waren perfekt. Wie alles andere in diesem Haus. Aber es interessierte Claire nicht mehr.

Die Arme vor der Brust verschränkt, stieg sie langsam über die Treppe in den ersten Stock hinauf. Nie würden diese leeren Räume vom Echo eines Kinderlachens widerhallen oder von den lustvollen Seufzern, wenn sie und Dugan einander liebten ...

Eine vertraute Stimme ertönte unten in der Halle. »Doc? Claire?«

Sie beugte sich über das Geländer. »Fred? Bist du das?«

»Ja.«

Sie winkte ihn herauf. Er war ein willkommener Anblick in ihrem leeren Haus. »Komm. Ich zeige dir alles.«

»Das wäre schön, aber ich habe leider keine Zeit. Ich bin nur gekommen, um dir etwas auszurichten.«

»Will mich jemand in der Klinik sehen?« fragte Claire alarmiert.

»Jemand will dich sehen, das ja, aber nicht in der Klinik. Hier.« Er gab Claire einen Bogen Briefpapier, auf dem eine kurze Nachricht stand.

> *Ich muß Dich sehen. Um zwölf Uhr auf der Ranch. Sei pünktlich. Dugan.* Es folgte ein P.S.: *Es handelt sich um die Klinik.*

Claire runzelte die Stirn. War es jetzt etwa schon soweit, daß ihre Beziehung sich auf derart unpersönliche, rein geschäftliche Mitteilungen beschränkte?

»Du vermißt ihn, nicht?« bemerkte Fred.

»Hm?«

»Du weißt schon – Dugan.«

Claire senkte den Blick. »Ja. Ich fürchte, das tue ich.«

»Es ist, als ob du nie zurückgekommen wärst.«

»Wieso?«

»Er ist brummig wie ein Bär, der einen Dorn in der Tatze hat. Zumindest war er es gestern noch, als er in die Stadt kam und wie ein Wilder die Stufen zu Orvilles Bank hinaufstürmte.«

»Warum mag er zu ihm gegangen sein?«

»Keine Ahnung. Aber ich glaube, du wirst es herausfinden, wenn du ihn heute siehst.«

»Warum ist er eigentlich nicht hergekommen, um mit mir zu reden, wenn er in der Stadt war?«

Fred zuckte die Schultern. »Woher soll ich das wissen? Ich muß jetzt wieder gehen, Claire. Bestell Dugan einen schönen Gruß von mir.«

Da der Tag so warm war wie im Juni, beschloß Claire, das pinkfarbene Sommerkleid, das sie in Cancún gekauft hatte, für die Verabredung mit Dugan anzuziehen.

Als sie dann jedoch auf Dugans lange, schmale Einfahrt einbog, kam sie sich ein bißchen albern in diesem schulterfreien Kleid vor. Es mußte für Dugan ja fast so aussehen, als käme sie zu einem richtigen Rendezvous mit ihm!

Na und? Sie besaß schließlich ein Recht darauf, in ihrer Freizeit hübsch und weiblich auszusehen, oder? Und vielleicht würde sie mit der Zeit auch lernen, nicht jedesmal an leidenschaftliche Umarmungen zu denken, wenn sie ihre Kleider an- und auszog ...

Während sie den langen, weiten Rock glattstrich, ging sie zur Eingangstür hinüber. Bevor sie jedoch klopfen konnte, entdeckte sie den kleinen weißen Zettel, der im Moskitogitter klemmte.

Komm nach hinten, stand darauf. *Dugan.*

Na schön. Sie unterdrückte den Ärger, der in ihr aufstieg, und wandte sich zur Seite des Hauses. Wahrscheinlich werkelte er mal wieder in der Scheune. Sie erinnerte sich, daß er früher oft seine Samstage dort verbracht hatte, die Pferde gestriegelt und das Werkzeug ausgebessert hatte.

Sie erinnerte sich auch, daß sie ihm an solch schönen Tagen wie heute den Lunch gebracht hatte, was fast immer damit endete, daß sie sich im duftenden Heu geliebt hatten.

Wie gern sie jetzt mit Dugan schlafen würde. Doch daß es soweit kommen würde, war ziemlich unwahrscheinlich, denn sonst hätte er sie bestimmt nicht zwei volle Wochen lang gemieden.

Claire, die sich in ihrem tiefausgeschnittenen Kleid jetzt noch alberner vorkam als zuvor, wäre am liebsten ins Hotel zurückgefahren, um sich umzuziehen. »Blödsinn«, murmelte sie. »Jetzt bist du einmal hier, da kannst du auch erledigen, wozu du hergekommen bist.«

Entschlossenen Schrittes ging sie um das Haus herum – und fiel beinahe in Ohnmacht.

Da saß er, am Steuer der alten Ruby, und lächelte und tippte sich grüßend an den Hut. Er sah plötzlich wieder genauso aus wie jener gutaussehende junge Mann, in den sie sich verliebt hatte, als sie fünfzehn gewesen war.

Großer Gott, was ging hier vor? Warum saß er in dem Lastwagen, und wo waren die Sonnenblumen, die durch die Rostlöcher in der Ladefläche gewachsen waren?

Die alte Ruby sprang hustend und knatternd an. Dugan winkte Claire mit einer Handbewegung zu sich herüber. Erst jetzt bemerkte sie, daß sie dagestanden und ihn angegafft hatte wie ein schüchterner Teenager.

»Hi, Doc«, sagte er und faltete die Arme über dem Steuerrad.

»Hi, Dugan.«

»Du siehst bezaubernd aus.«

»Danke. Du wolltest etwas Geschäftliches mit mir besprechen?«

»Ja. Steigst du ein?« Er öffnete die Tür. »Ich würde ja aussteigen und dir helfen, aber ich fürchte, dann geht Ruby wieder aus.«

»Warum reden wir nicht einfach hier?«

»Ich bin ein bißchen in Eile. Komm. Du hast doch nichts dagegen?«

»Na schön.« Sie stieg auf den Beifahrersitz und fragte sich, als sie die Tür schloß, ob Dugan sich ihrer so bewußt sein mochte wie sie sich seiner.

Ein verstohlener Blick verriet ihr, daß er lächelte. Er hatte irgend etwas vor, der Schuft. Was hatte er sich ausgedacht, und was hatte es mit ihrer Klinik zu tun?

»Ich dachte, wir machen ein Picknick.«

»Um etwas Geschäftliches zu besprechen?«

»Klar.« Er trat aufs Gaspedal, und Ruby erbebte, hustete und machte einen Satz nach vorn. »Hast du schon gegessen?« erkundigte er sich.

»Nein.«

»Na wunderbar. Ich habe gebratenes Hähnchen und

frischen Kartoffelsalat von Imogene dabei. Ich dachte, wir können essen, während wir reden.«

Dugan trug saubere Jeans und den weichen braunen Ledergürtel, den Claire ihm einst zur Hochzeit geschenkt hatte. Und er trug das weiße Westernhemd, das sie ihm fast vom Leib gerissen hatte, als sie sich das erste Mal nach Reds Geburt geliebt hatten.

Dugan legte einen Gang ein. Claires Blick glitt über seine muskulösen Schenkel und verweilte auf seinen Stiefeln. Er trug die schwarzen, die er bei ihrer Hochzeit angehabt hatte. Sie waren blitzblank poliert.

Er sah phantastisch aus!

Der köstliche Duft von gebratenem Hähnchen stieg Claire in die Nase.

Sie war hungrig, aber ihr Magen hatte sich beim Anblick Dugans in der Ruby verkrampft. Wie konnte sie essen, wenn all die Gefühle – die Liebe – von allen Seiten auf sie einstürmten wie eine in Panik geratene Herde Rinder? Wenn das bloße Fahren in Ruby genügte, um sie mit einer fast unerträglichen Sehnsucht nach Dugans zärtlichen Händen auf ihren Schenkeln zu erfüllen?

»Wo fährst du hin?« fragte sie.

»Nur ein Stückchen weiter«, sagte er. »Könntest du etwas für mich tun?«

»Was?«

Er hielt vor dem Tor zu Joseph Whitcombs Nordfeld. »Stell deinen Fuß einen Moment aufs Gas«, sagte er. »Ich bin sofort zurück.«Dugan sprang aus dem Wagen, öffnete das große Tor und schwang es auf. Sekunden später holperten sie über den Weg, der durch Josephs Weiden führte.

Plötzlich wußte Claire genau, wohin sie fuhren. Wie konnte Dugan ihr das antun?

»Halt an!« verlangte sie.

»Warum?« fragte er, bremste aber trotzdem.

»Weil ich ... nicht dahin will, wo du hinfährst.«

»Reg dich nicht auf, Claire. Wir machen bloß ein Picknick.«

»Aber warum ausgerechnet dort?« fragte sie und deutete mit dem Kopf auf eine nur allzu vertraute Stelle neben dem Bach.

»Weil es der schönste Ort für ein Picknick ist.« Dugan stellte den Motor ab und stieg aus.

Während Claire sitzenblieb und die Erinnerungen, die mit diesem Ort verbunden waren, auf sich einwirken ließ, breitete Dugan unter einer Eiche, die Joseph vor vielen Jahren hier gepflanzt hatte, eine Decke aus.

Claire schloß die Augen und roch Heu, wilde Blumen und ... Dugan.

Abrupt öffnete sie die Augen. Er stand neben ihr, die Arme auf dem offenen Wagenfenster. Seine warmen braunen Augen waren auf ihr Gesicht gerichtet. »Willst du da drinnen essen?«

Er öffnete die Tür und reichte ihr die Hand, die sie scheu ergriff. Wenn sie doch bloß ihre Träume, ihre kühnsten Phantasien ausleben könnten ...

Aber nein. Dugan hatte sie zu einem *Geschäftsessen* auf die Ranch gebeten. Und dementsprechend würde sie sich auch benehmen müssen.

Dugan hingegen sah überhaupt nicht aus, als hätte er etwas Geschäftliches im Sinn. Er legte sich auf die Decke, stützte den Kopf auf seine Hand und betrachtete Claire in eindringlichem Schweigen.

Entnervt von seinem prüfenden Blick, griff sie nach dem Picknickkorb und öffnete den Deckel. Sie mußte sich irgendwie beschäftigen.

Denn sonst hätte sie den Verstand verloren und vielleicht das krause dunkle Haar berührt, das im Ausschnitt seines Hemds zu sehen war.

Während Dugan ihr lächelnd zusah, gab sie Kartoffelsalat auf die roten Plastikteller. Für Dugan eine Portion, die groß genug war, um ein Pferd zu sättigen – so wie er es gern hatte, während sie für sich nur einen Löffel nahm. Er schaute verwundert zu ihr auf, als sie ihm den Teller reichte und sich neben ihn auf der Decke niederließ. »Machst du eine Diät?«

»Nein.«

»Fühlst du dich nicht wohl?«

»Es geht mir gut, danke.«

»Du ißt wie ein Spatz.«

»Ich . . . ich bin nicht hungrig.«

»Aber du hast doch gesagt, du hättest noch nichts gegessen«, entgegnete er stirnrunzelnd.

»Dugan . . . bitte.« Sie nahm einen Bissen von dem knusprigen Fleisch, das ihr wie eine zusammengerollte Socke durch die Kehle glitt. »Worüber wolltest du mit mir reden?«

Dugan senkte den Blick auf den Hähnchenschenkel in seiner Hand. »Eigentlich habe ich auch gar keinen großen Hunger«, sagte er, legte das Fleisch auf den Teller zurück und wandte für einen langen, schweigsamen Moment den Blick ab.

Neben ihm plätscherte der Bach über die Felsen, und Claire dachte an die mächtige Brandung, die in jener letzten Nacht am Strand ihre Füße umspült hatte.

Irgendwo in der Ferne wieherte ein Pferd. Die Sonne erhitzte die nackte Haut an ihren Schultern. Doch obwohl ihr warm war, von der Sonne und von Dugans Nähe, lief ein Frösteln durch ihren Körper und löste eine Gänsehaut auf ihren Armen aus.

»Claire«, begann Dugan und schaute ihr ernst und prüfend in die Augen.

»Ja?«

»Ich bin nicht hergekommen, um über Geschäftliches zu reden.«

»Aber auf dem Zettel stand . . .«

»Das war nur ein Vorwand. Ich dachte, du kämst vielleicht nicht, wenn ich dir die Wahrheit sagte.«

»Und was ist die Wahrheit, Dugan?«

»Ich habe dir viel zu sagen und möchte nicht, daß du mich unterbrichst, bevor ich fertig bin.«

Eine leise Hoffnung erwachte in Claire; fast verlegen strich sie ihren Rock glatt. »Einverstanden.«

»Zunächst einmal möchte ich dir sagen, daß ich dich liebe – mehr, als ich je einen anderen Menschen geliebt habe.«

»Manchmal ist Liebe nicht . . .«

Er legte einen Finger an ihre Lippen und sagte rauh: »Psst. Du hast es mir versprochen.«

Sie nickte.

»Und wenn du wirklich sicher bist, mir verziehen zu haben, daß ich dich damals fortschickte, anstatt dich, wie ich es hätte tun sollen, über die Schulter zu werfen und zu zwingen, eine Weile bei Lila zu leben, wäre ich überglücklich, wenn du wieder . . . meine Frau würdest.«

Die ganze Welt drehte sich um sie, aber Claire blieb stocksteif und rührte sich nicht. »Wenn es wegen Red ist . . .«

Diesmal brachte Dugan sie mit einem Kuß zum Schweigen. Er war sanft, behutsam und oh! so verlockend. »Und diesmal werde ich es richtig machen. Ich werde dich in allem unterstützen, Claire, das schwöre ich dir.«

Er nahm ihre Hand und drückte sie.

Wie soll ich es ihm nur klarmachen, dachte Claire. »Ich liebe dich auch, Dugan, aber . . .«

Er zog sie zu sich heran und küßte sie. »Kein Aber«, meinte er und küßte sie von neuem.

»Hör auf, Dugan. Hör auf, so zu tun, als wäre jetzt alles in bester Ordnung.«

»Und das ist es nicht?«

»Du tust es schon wieder! Du willst mich heiraten, weil . . . es praktisch für dich ist. Ja, das ist es. Weil du einen guten Grund dafür besitzt.«

»Natürlich habe ich einen guten Grund dafür – und der ist, daß ich dich liebe, Claire.«

»Nein, der Grund ist, daß du Red adoptieren willst!« beschuldigte ihn Claire.

»Da irrst du dich aber ganz gewaltig, meine Dame.«

»Warum hast du mich dann nicht gefragt, bevor Pamela Sue uns von ihren Adoptionsplänen erzählte? Du hattest das ganze Wochenende Zeit. Du hast mir in Cancún gesagt, du würdest gern wieder heiraten, aber erst, wenn ich dir verziehen hätte und du sicher sein könntest, daß ich dich liebe.«

»Du lieber Himmel, wenn du mir Zeit gelassen hättest, hätte ich dich auch gefragt!«

»Wie soll ich dir das glauben?«

»Ich wollte es tun, sobald Lila Pamela Sue und das Baby abgeholt hatte. Aber du hast mir keine Chance gegeben, hast bloß dagesessen und Ausreden vorgebracht, warum du Red nicht adoptieren konntest. Ich dachte, verdammt, sie will mich gar nicht heiraten. Sie hat es sich bloß eingebildet. Jetzt, wo sie weiß, daß sie mich haben kann, will sie mich nicht mehr. Der Wunsch existierte bloß in ihrem Kopf und Körper, aber nicht in ihrem Herzen.«

Claire preßte die Fingerspitzen an die Schläfen. Was Dugan sagte, ergab Sinn, und doch wagte sie es nicht zu glauben. »Ich habe dich mit Red gesehen. Das hat mir gezeigt, wie sehr du dir ein Baby wünschtest, und ich wußte, daß ich dir keins geben konnte.«

»Als Red geboren war, benahmst du dich so komisch. So abweisend. Als wäre dir ein Licht aufgegangen und du hättest eingesehen, daß es Kinder waren, was du wirklich wolltest. Dann, als Pamela Sue sagte, wir sollten Red adoptieren, paßte ich plötzlich wieder in das Bild. Du hast vor mir gesessen und geredet, als hättest du vorausgesetzt, wir würden heiraten, aber du hast mich nicht gefragt. Du sagtest einfach, vorher müßten wir noch ein paar Probleme klären. Ich dachte, jetzt fängt er schon wieder an und trifft für mich Entscheidungen. Am liebsten hätte ich dich angeschrien: ›Frag mich! Frag mich, ob ich dich heiraten will!‹ Aber das hast du nicht getan.«

»Ich frage – *bitte* dich jetzt, Claire.«

»Ach, Dugan, ich weiß nicht. Was ist, wenn du dich in deinen Gefühlen täuschst? Ich könnte es nicht ertragen, noch einmal von dir fortgeschickt zu werden.«

»Ich dachte mir schon, daß du das sagen würdest, und bin darauf vorbereitet.« Er stand auf und ging zum Wagen, griff durch das offene Fenster und schlug mit der Faust ans Handschuhfach. Die Klappe fiel auf, und Claire hörte, wie er sie kurz darauf wieder schloß. Als er zurückkam und sich zu ihr auf die Decke setzte, hielt er einen großen braunen Umschlag in der Hand.

»Hier«, sagte er und gab ihn ihr.

»Was ist das?«

»Dokumente.«

»Was für Dokumente?«

»Reds Adoptionspapiere.«

»Aber Pamela Sue wird ihre Entscheidung doch erst morgen bekanntgeben.«

»Das hat sie schon vor zwei Wochen getan. Du wolltest bloß nicht zuhören. Sie hat es sich nicht anders überlegt, Claire. Sie will Red ein gutes Zuhause geben und ihr eigenes Leben fortsetzen.«

»Aber ...«

»Du hast drei Möglichkeiten, für die du dich entscheiden kannst. Sie sind alle drei legal. Ich habe einen Anwalt konsultiert. Er hat die Situation geprüft und sogar mit einem Richter gesprochen. Es sind noch einige Papiere mehr erforderlich als die, die schon in dem Umschlag sind. Du würdest vor einem Richter eine Stellungnahme abgeben müssen. Aber die Tatsache, daß du Red entbunden hast, wird dich in keiner Weise daran hindern, sie zu adoptieren.«

»Du hast einen Anwalt beauftragt, all das herauszufinden?«

Er nickte, und seine Augen leuchteten vor Stolz.

»Das muß eine Menge Geld gekostet haben.«

»Allerdings.«

»Ich dachte, du hättest all dein Geld angelegt.«

»Ich habe es mir geliehen, klar?«

Ein Lächeln erhellte Claires Gesicht. »Du hast einen Kredit aufgenommen, um den Anwalt zu bezahlen?«

»Er wollte sein Honorar im voraus haben.«

Claire wußte, was für ein Opfer es für Dugan bedeutet haben mußte, sich zu verschulden. »Du sagtest, ich hätte drei Möglichkeiten«, sagte sie, und wieder flackerte jähe Hoffnung in ihr auf. »Worin bestehen diese Möglichkeiten?«

»Die eine wäre, daß du mich heiratest und wir Red adoptieren. Die Papiere dafür sind in dem Umschlag.«

»Oder?«

»Du kannst mich heiraten, und wir adoptieren das Baby nicht. Eine Agentur wird eine andere Familie für die Kleine finden.«

»Die dritte Möglichkeit wäre, daß du dich weigerst, meine Frau zu werden, und allein Red adoptierst.«

»Das hast du für mich ermöglicht?«

»Ja.« Er tippte auf den Umschlag. »Sämtliche Papiere sind hier drin.«

»Und Pamela Sue ist einverstanden?«

»Noch mal ja.«

Claire blickte tief in Dugans Augen uns sah den Schmerz darin, die Einsamkeit und die Sehnsucht, die ihrer eigenen entsprach. Er wollte weder sie noch Red aufgeben. Er wollte, daß sie alle zusammen waren, als Familie. Mehr als alles andere jedoch wollte er, daß sie, Claire, glücklich war. Und diesmal hatte er wirklich nicht versucht, ihr irgendwelche Entscheidungen aufzuzwingen. Diesmal hatte er ihr die Wahl gelassen.

»Ich hätte nie gedacht ...« begann sie.

»Wenn es dir recht ist, wäre es mir lieber, wenn du deine Antwort nicht mit dem Wort ›nie‹ beginnen würdest«, unterbrach er sie.

Claire lachte und streckte die Hand aus, um seine zu ergreifen. »Ich wollte sagen, ich hätte nie gedacht, daß mein Herz sich noch einmal so anfühlen könnte, als ob es bersten müsse.« Sie zog seine Hand auf ihr heftig klopfendes Herz und stieß einen tiefen Seufzer aus.

»Ist das ein Ja?« fragte er zögernd, ohne seine Finger zu bewegen.

»Es ist ein Ja.«

Seine Augen wurden schmal. »Auf welche Frage?«

»Ich werde deine Frau sein, Dugan, und die Mutter dieses süßen kleinen Babys.«

Dugan stieß ein wahres Kriegsgeheul vor lauter Freude aus und zog Claire in seine Arme. Bevor sie noch ein Wort äußern konnte, sprang er auf und wirbelte sie herum. Lachend klammerte sie sich an ihn, um nicht das Gleichgewicht zu verlieren.

Ganz plötzlich waren seine Lippen auf ihren, und mit Claire in den Armen ließ er sich auf die Decke sinken. »Ich bin der Meinung«, sagte er mit einem verschmitzten Augenzwinkern und einem ausgeprägten Grübchen an der Wange, »daß das gefeiert werden muß.«

Dann senkte er den Kopf und nahm ihre Lippen zu einem weiteren leidenschaftlichen Kuß in Besitz, bevor er hinzusetzte: »Und mit mehr als einem Kuß von der zukünftigen Mrs. Nichols. Mit viel, viel mehr als einem bloßen Kuß.«

Epilog

Ganz Sierra erschien zu Reds Taufe. Auf Pamela Sues Bitte fand das große Ereignis draußen statt, unter den schattigen Bäumen des Gartens hinter der Kirche.

Fred, mit tränenfeuchten Augen, putzte sich die Nase mit einem großen weißen Taschentuch. Orville und Ruthie Garrison standen Hand in Hand und bewunderten mit wehmütigen Blicken Sierras jüngsten Bürger. Vor der Zeremonie drückte Orville Claire diskret ein Sparbuch in die Hand, in dem eintausend Dollar auf den Namen Red Nichols eingetragen waren.

Claire ließ ihren Blick über die Menge schweifen und liebte jeden einzelnen der Stadtbewohner, obwohl einige sich erst noch dafür erwärmen mußten, daß sie heimgekehrt war. Sie wünschte nur, Gunther hätte dabeisein können. Als sie in der Lubbocker Klinik angerufen und mit dem Lungenspezialisten gesprochen hatte, der ihn behandelte, hatte er seufzend gesagt, er glaube nicht, daß Gunther lange genug leben werde, um die Reise anzutreten.

Während der Priester Wasser auf Reds Köpfchen goß, standen Claire und Dugan in der Nähe, Arm in Arm, und grinsten über das zornrote Gesichtchen, zu dem der Name paßte – Red.

Ihr würde es weder an Temperament noch an Charakter mangeln. Mit ihrer gellenden Stimme und Nachteulennatur hatte sie bereits bewiesen, daß sie sich in dieser Welt durchzusetzen gedachte. Ihre stolzen zukünftigen Eltern, die überzeugt waren, daß sie begabt war, intelligent und in der Zukunft irgendwann einmal der Gouverneur von Texas sein würde, wenn nicht gar der Präsident der Vereinigten Staaten, stimmten ihr aus vollem Herzen zu.

Dugans Vorarbeiter und seine Verlobte, die stolzen

Paten, gaben sich die größte Mühe, Red bis zum Ende der Zeremonie zum Stillhalten zu bewegen. Dann brachte Tante Lila sie fort, um ihr ein Fläschchen zu geben, und Lazy Boy, der ihr gefolgt war, bedachte sie mit einem feuchten Kuß.

Pamela Sue verfolgte alles in fasziniertem Schweigen und tupfte sich ab und zu die Augen mit dem antiken Spitzentaschentuch, das Claire ihr als Erinnerung an diesen Tag geschenkt hatte.

»Sie kann sich glücklich schätzen, meine Kleine«, sagte Pamela Sue mit zitternden Lippen, als Lila ein sattes, zufriedenes Kind in Claires Arme legte.

Dugan legte den Arm um die Schultern des jungen Mädchens und ließ sie an seinem weißen Hemd schluchzen.

»Ich weiß, wie schwer es für dich sein muß, sie aufzugeben«, sagte er leise.

»Als hätte mir jemand ein Messer in die Brust gestoßen.«

»Genau.«

»Aber es ist das Beste für sie – und mich.«

»Du weißt, wo sie sein wird. Du kannst sie jederzeit besuchen. Und Red wird aufwachsen mit dem Wissen, wer ihre wahre Mutter ist.«

»I-ich will nicht stören. Sie verdient ein friedliches Leben mit Ihnen und Dr. Linwood.«

»Ich glaube nicht, daß das Leben mit Red sehr friedlich sein wird«, scherzte Claire und legte das zappelnde Bündel aus durchsichtigem Musselin und Spitze an Dugans Schulter.

»Habt ihr schon entschieden, wo ihr leben wollt?« fragte Pamela Sue.

Claire schaute zu Dugan auf und lächelte mit dem Strahlen einer Frau, die den einzigen Mann gefunden hatte, der ihr Leben vollständig machen konnte. Nachdem sie sich gestern am Bach geliebt hatten, hatten sie entschieden, wo sie leben wollten. »Manchmal in der Stadt, manchmal auf der Farm.«

Pamela Sue seufzte. »Red hat wirklich Glück. Zwei Häuser!«

»Zuhause«, korrigierte Dugan.

»Wann ist die Hochzeit?«

»Nächstes Wochenende.«

»So bald schon?«

Claire und Dugan wechselten einen liebevollen Blick. »Wir sind bis über beide Ohren verliebt«, erwiderte Claire lächelnd, während sie einen Arm um Dugan schlang und den Mann umarmte, den sie ihr Leben lang geliebt hatte. »Warum sollten wir dann noch länger warten, um unsere Bindung zu erneuern?«

ENDE

Band 18 171

Marie Cordonnier

Die stolze Prinzessin

Deutsche Erstveröffentlichung

Als Erben hatten die Söhne des Falken sich Reichtum erhofft, doch statt dessen hinterließ ihr Vater ihnen eine heruntergekommene Burg, eine Menge Schwierigkeiten und ein merkwürdiges, geheimnisvolles Mädchen aus dem Orient.

Rogier d'Escoudry ist es gelungen, einen gewissen Einfluß bei Hof zu gewinnen, vor allem durch seine guten Beziehungen zu Margarete, der Königsmutter, einer machthungrigen, harten Frau, die nur eine Schwäche hat: ihre schöne Nichte Alix.
Rogier ist hoffnungslos in Alix verliebt, doch beharrlich widersteht die stolze Frau seiner Werbung. Margarete nutzt Rogiers Gefühle geschickt für ihre eigenen Zwecke aus; er gerät in eine gefährliche Intrige. Es kommt zu einer dramatischen Situation, in der Rogier alles zu verlieren droht: Alix, seine Ehre und sogar sein Leben ...